Maria Reinecke- **La Rambla**

Bibliografische Information der Deutschen Nationalbibliothek
Die Deutsche Nationalbibliothek verzeichnet diese Publikation in der Deutschen Nationalbibliografie; detaillierte bibliografische Daten sind im Internet über http//www.d-nb.de abrufbar.

Bitte besuchen Sie auch **www.palmartpress.com**

ISBN 978-3-941524-02-6

Originalausgabe- 1. Aufl. 2009, 2. Aufl. 2011, 3. Aufl. 2012

Pfalzburgerstr. 69, 10719 Berlin

Gesamtgestaltung: Catharine J. Nicely
Umschlag Foto: Charles J. Nicely
Druck: H. Heenemann, Berlin

Hergestellt in Deutschland

Maria Reinecke

La Rambla

Barcelona-Story

PalmArtPress
Berlin

1. *Berlin - Barcelona via München*

Berlin, Flughafen Tegel, 8.15 Uhr. Annas Flug Barcelona via München geht in einer Stunde. Ronald hat sie gebracht. Anna will allein sein. Kurze Umarmung. Knappes Winken. Blick auf die trübe Lande- und Startbahn. Melancholie macht sich breit. Was soll dieser Trip? Flieht sie vor Ronald, vor sich selber, vor der ganzen vertrackten Familiensituation; ist es Panik angesichts ihrer drohenden Fünfzig und der Frage, was sie mit ihrer Restlebenszeit noch zu tun gedenkt; sucht sie Abenteuer in der katalanischen City? Sie weiß es nicht; sie will nur weg.

Reihe drei, Fensterplatz. Anschnallen. Sitz senkrecht. Die Plätze neben Anna sind noch frei; hoffentlich bleibt das so. Eine junge Frau mit Baby, Sack und Pack kommt auf sie zu, legt neben ihr ab. Das kleine Wesen ist entzückend, die mädchenhafte Frau sympathisch, doch Anna entzieht sich dem durchdringenden Blick des Winzlings, dreht sich zum Fenster; sie will nicht lächeln, will ihre Gliedmaßen keinen Zentimeter zur Seite nehmen, will nicht versichern müssen, dass es ihr nichts ausmache, wenn das strampelnde Bündel ihren Arm berührt, will überhaupt nicht irgendwie reagieren müssen, jetzt nicht, hier nicht.

Die junge Mutter verstaut ihre Sachen auf der anderen Seite

und nimmt Platz neben einem gut geschneiderten Mann in den Sechzigern, der höflich lächelt. Ein Teefläschchen im Gesicht des Kleinen verspricht Ruhe.

Die junge Frau muss noch einmal an ihr Handgepäck oben, bekommt den Klappverschluss nicht auf, dann nicht zu. Der Steward hilft. Derweil fällt das Teefläschchen des kleinen Lieblings auf den Boden. Ein freundlicher Passagier aus der vierten Reihe hebt die Flasche auf. Die junge Mama nickt dankbar und setzt sich endlich hin.

- Junge Mütter haben doch etwas Penetrantes, denkt Anna gereizt und ist froh, dass ihr Sohn groß ist und sie diesen Part ein für alle Mal hinter sich gelassen hat. Obwohl:

Anna war schon gehbereit heute Morgen, setzte sich auf Jonas' Bett, wollte ihn noch einmal umarmen, fühlte seine heiße Stirn.

"Du hast ja Fieber! Dann fahre ich eben nicht. Nach Barcelona kann ich immer noch irgendwann einmal!", sagte Anna erschrocken.

"Mama, du fährst!", kam der heisere Befehl des Sohnes, dessen Kopf kurz aus den Kissen auftauchte, um sofort wieder darin zu verschwinden. Anna wusste, dass hier sprachlich nichts mehr zu regeln war. Die ganzen Tage hatte sich Jonas auf die Woche Alleinsein gefreut, auf die freie Bude, Pizza-Essen, langes Fernsehen. Sollte sie doch fahren? Sie schrieb eine SMS an Thomas, der konnte sich auch mal um seinen Sohn kümmern, und zur Not war Ronald da. Also legte Anna einen Zettel auf den Küchentisch mit vielen ausgemalten Herzchen und Haushaltsgeld für eine Woche: „*Adios,* Deine Mama“ und ging schweren Herzens los.

Durchbruch durch die Wolkenmassen, der Sonne etwas näher, kein Frühstück auf der kurzen Strecke, nicht einmal ein Keks. München. Anschlussflug nach Barcelona Gate A 15. Der kleine Barcelona-Lufthansa-Flieger wirkt lächerlich neben den Giganten um ihn herum; er hat nur 13 Reihen, die 13 mit einer 14 gekennzeichnet: der Aberglaube sitzt tief. Zur Begrüßung eine weibliche Stimme aus dem Cockpit:

"Mrs. ... and her crew welcome you on board!"

Auch das noch: eine Frau mit dieser winzigen Maschine über die Alpen und das Meer! Es scheint, als solle sie Barcelona nie zu sehen bekommen. Der Zweifel an der weiblichen Kompetenz sitzt auch tief.

Doch sie schlagen sich wacker, die Frau Pilotin und ihr Canadair Jet, durch heftige Turbulenzen und überhaupt, dazwischen Drei-Gänge- Menü mit Rot- oder Weißwein und Sekt. Anna trinkt Wasser und Tomatensaft. Hier oben, zwischen Blitz und Donner, Himmel und Erde, verschwindet die Vision, was Barcelona ihr bringen könnte, vollends, und es beschleicht sie so etwas wie Angst vor dem, was sie selber inszeniert hat.

2. *La Rambla*

Barcelona. Die Pilotin und der kleine Flieger haben es geschafft. Anna lässt sich Zeit, schlendert zur Gepäckausgabe, sieht ihre Reisetasche auf dem Band gemächlich durch die Wand hinten verschwinden und vorne wieder auftauchen. Sie nimmt einen herumstehenden Gepäckwagen, gleitet damit über den glänzenden Granit zum Informationsstand. Die Señora gibt ihr einen Stadtplan mit allen Hotels. Am liebsten würde sie mitten auf der Rambla wohnen, auf der berühmten Fußgängerpassage, erklärt Anna, im Hotel Montecarlo zum Beispiel; das hätte im Reisekatalog gut ausgesehen, ob sie das empfehlen könne?

Sie dürfe keine Empfehlung geben, meint die Señora, aber Anna solle vorsichtig sein, dort seien Diebe und als Frau alleine, nein, da sei es doch besser im oberen Teil Barcelonas; und der Airport-Express stehe direkt am Ausgang.

Der Busfahrer mit Tangotänzergesicht hat eine Stimme, die sogar den Fahrpreis angenehm macht. Er hört laut Radio, The Fugees. Die Pilotin hat recht. Der Himmel über Barcelona ist bedeckt, die Stadt grau-schwarz, bei einer milden Temperatur von 15° C, doch die Barcelonier tragen Mäntel mit Pelzkragen, Mützen, Schals, es ist schließlich Winter. Aus dem trüben Sraßendickicht sticht flüchtig ein fleischfarbenes wandhohes Werbeplakat hervor: prächtige, wonniglich pralle Brüste mit Lust verheißenden Brustwarzen, dazwischen ein selig lächelnder Babykopf, zwei Unterkieferzähnchen zeigend.

Endhaltestelle - Plaza Catalunya. Anna steigt als letzte aus dem Bus und steht plötzlich wie ein eingefallener Meteorit mitten im tobenden Puls von Barcelona. An der Gebäudewand gegenüber prangen wieder die wundervollen Brüste mit dem strahlenden Babygesicht, darunter der Slogan: „Hinter jeder großen Persönlichkeit steht eine große Frau – Prénatal.“

- Die Mutter hier also als inkarnierte Sinnlichkeit: nicht schlecht, vielleicht ja ein Grund meiner grundlosen Reise, denkt Anna, hängt die schwere Tasche über die Schulter, stelzt mit ihren hohen Stiefeln in die Richtung, die ihr die Señora empfohlen hat und landet in einem traditionsbewussten Haus mit imposanter Wendeltreppe. Das Hotel sei ausgebucht, bedauert der livrierte Empfang höflich, da sei nur noch ein großes Doppelzimmer... Ein V.I.P.-Bus fährt vor, japanische Touristen besetzen die Halle, - nein, hier will sie nicht bleiben; ob sie die Tasche abstellen könne, bis sie ein anderes Hotel gefunden habe... *Gracias, adios.*

Anna eilt zurück in die entgegengesetzte Richtung, quer über den Platz Catalunya und befindet sich endlich da, wo sie von Anfang an hin wollte: auf der berühmten Rambla, der großen, spektakulären Flaniermeile Barcelonas, die gerade in vollem Gange ist: dichte Menschenmassen strömen in unaufhörlicher Bewegung, fließen, schmelzen ineinander, gleiten aneinander vorbei, unbekannten Gesetzmäßigkeiten folgend; Anna steht begeistert da, ihr ist, als würde sie magnetisch angezogen, hineingezogen in das enorme energetische Geschehen vor ihr; sie überlässt sich dem Strom, begibt sich hinein, lässt geschehen, lässt los und spürt, wie in dem ganz und gar arglosen, geheimnisvoll verwobenen, auf einander bezogenen Miteinander die eigene Schwere schmilzt und Leichtigkeit sie erfüllt: alles ist gut, weil es so ist wie es ist. Im Nu wird sie aufgesogen von den unzähligen Leibern, Blicken, Stimmen, Sprachfetzen, wird einverleibt in den vitalen Sog der anonymen Vielen; sie lässt sich treiben, vorbei an den La Vanguardia-Zeitungs-Kiosken und üppigen Blumenständen, vorbei an afrikanischen Trommlern und Trompetern, Clowns, Jongleuren, Tänzern, Akrobaten, Pantomimen an allen Ecken und Enden; Kreischen, Krähen von Papageien und Hühnern aus engen Käfigen am Straßenrand; Klangfetzen von Tango- und Dixieland aus Kassettenrecordern irgendwoher; Autokolonnen, Busse, Lastwagen zu beiden Seiten; Flugzeugdonner darüber... Anna geht wie im Rausch, bombardiert von Wellenmassiven rundum, das Herz fast am Zerspringen; sie kann keinen Gedanken fassen, gerade mal das Glück empfinden, das jetzt tief in ihr sitzt.

Dann drüben links das Hotel Montecarlo mit der kunstvoll restaurierten Fassade; Anna löst sich aus der Menge, überquert die Straße, steigt die Marmorstufen hoch zur transparenten Eingangshalle des Hotels; ein Glasportal öffnet sich vor ihr lautlos ganz von selbst und schließt gleich wieder hinter ihr: sie steht in der Empfangshalle, einem Vakuum abrupter Stille; hohe Spiegelwände zwischen

Säulen reflektieren stumm das laute Treiben draußen. Junge Leute an der Rezeption:

"*Buenos dias, Señora...*"

"*Buenos dias...,* haben Sie ein schönes Zimmer..., eine Woche..., für eine Person?" Annas Stimme überschlägt sich fast vor Aufregung.

"...Zum ersten Mal in Barcelona?", fragt ein freundliches Gesicht. Da sei das kleine Doppelzimmer mit Balkon und Blick über die Stadt, das könnten sie für 9.900 Pesetas pro Nacht anbieten. Anna strahlt. Ob sie auch im Hotel frühstücken wolle? Nein. Natürlich nicht, sie will richtigen Café con leche trinken in den Bars, will Brot und Ensaimadas selber kaufen. Sie zeigt Ausweis und Visa-Card und fährt mit dem Marmor-gefliesten Lift in den 5. Stock, findet ihr Zimmer am Ende des Ganges, zieht die Vorhänge zur Seite, wirft sich auf das Bett und genießt das vor ihr ausgebreitete, großartige Stück Barcelona über Terrassendächer, Kuppeln und Türme hinweg bis hin zum Olympischen Berg, bläulich-diesig im Hintergrund. Die Reisetasche kann warten.

3. *Bar Americano*

In der Nacht droht Barcelona sie, den sensiblen Fremdling hier oben allein im obersten Stockwerk des Hotels mit roher Gewalt von allen Seiten zu erledigen: ein chemischer Hygienegeruch penetriert Annas Eingeweide bis zur Übelkeit; die hochkarätigen Fassadenscheinwerfer dicht neben ihren Fenstern überfluten das Zimmer wie ein Fußballstadion; der nicht enden wollende Lärm auf der Rambla unten spaltet ihr das Hirn. Soll sie doch die Balkontüren schließen, den Krach dämpfen, die beschichteten Vorhänge zuziehen und den überreizten Sinnen wenigstens Dunkel gönnen? - Nein, dann würde sie ersticken, das ist klar, die Klimaanlage ist keine Alternative; sie lässt alles offen, nimmt eine Aspirin, stopft sich die Ohren zu, irgendwann gehen die Scheinwerfer aus, und Schlaf erlöst ihren Leib.

Am Morgen ruft Anna sofort bei Jonas an, lässt lange klingeln; das Telefon ist nicht wie verabredet auf Anrufbeantworter gestellt. Unruhe. Sie wählt Ronalds Nummer.

"Anna!“ Ronalds freudig-aufgeräumte Stimme. „Gott sein Dank, du bist also gut gelandet. Wie gefällt dir Barcelona, erzähl!"

"Was ist mit Jonas, ich kann ihn nicht erreichen?",

entgegnet sie übergangslos.

"Weiß ich nicht. Hast du ein schönes Hotel?", fragt Ronald seelenruhig weiter.

Sie spürt Wut aus dem Magen in den Hals hochkommen, hätte er den Jungen nicht wenigstens einmal anrufen können?

"Ständig redest du davon, dass alles wieder gut wird und du dir nichts sehnlicher wünschst, dabei kannst du dich nicht einmal nach dem Befinden meines Sohnes erkundigen, der in diesem Augenblick allein mit Fieber im Bett liegt!" Anna kämpft mit den Tränen.

"Es ist gerade mal zehn Uhr. Dein Herr Sohn wird noch schlafen. Genieß du die Tage in Barcelona, Jonas kommt schon zurecht; schließlich hat er auch noch einen Vater! Und wenn Not am Mann ist, wird er sich schon bei mir melden."

Ronalds Coolness wirkt; Jonas wird demnächst sechzehn, am Abend vor der Abreise hatte er sich noch wohl gefühlt; es wird Zeit, dass sie den Ablösungsprozess vollziehen, aber wer will sich anmaßen zu entscheiden, was genau das im einzelnen bedeutet und wie es vonstatten zu gehen habe? Egal, sie muss wohl allmählich loslassen; vielleicht auch ein Grund dieser kopflosen Reise.

"Ich rufe später noch einmal an", sagt sie versöhnlicher.

"Ich liebe dich, Anna." Roland legt auf, ohne eine Entgegnung abzuwarten.

Anna ist bereit für ihren ersten Tag in Barcelona und stürzt sich in das große Treiben unten; wieder wird sie von der Rambla aufgesogen, mitgerissen, wohin? Sie lässt geschehen, wird bewegt, lässt sich bewegen, widerstandslos. Tobender Verkehr zu beiden Seiten; Fußgängerscharen überqueren die Straßen unbekümmert, mit und ohne Ampel, bei grün und bei rot. Jugendstilfassaden, wohin das Auge blickt; links das berühmte Café de l'Opera: einst das Stammcafé von Dalí und Lorca, laut Katalog; vorne rechts das Riesen-Oval der Beton-Stahlkonstruktion des im Wiederaufbau befindlichen Teatre del Liceu: einer der schönsten Opernsäle Europas sei hier vor Jahren niedergebrannt, erzählt Louis später.

Der Passantenfluss staut sich. An der Seite steht ein Clown mit orange- grünem Karokostüm und großen gelben Pappschuhen, ein Pulk von Zuschauern um ihn herum; die gekonnt geschminkten Augen des Mannes sind sehnsüchtig-erwartungsvoll in unbestimmte Ferne gerichtet, Brauen und Stirnfalten hoch gezogen, die geschlossenen Lippen zu einem breiten Lächeln über den Kiefer gespannt; Kinn und Nasensichel markieren die Richtung, in die er schaut; er hat ein Bein nach vorne gestreckt, als würde er dorthin gehen, wo sein Blick schon ist – doch er bewegt sich nicht, verharrt im Aufbruch. Ein Kind prüft ernst, ob es sich um eine große Puppe handelt oder... Der Vater gibt ihm eine Münze, der Kleine wirft sie in den Korb: die Clowns-Figur wird lebendig, watschelt auf und ab, hin und her, lacht dem Kind zu und erstarrt erneut. Passanten rufen:

"*Holà,* José!" José zwinkert zurück.

Anna liebt die stummen Mimen, sie sind perfekt und fügen dem Lärm nichts hinzu. Sie reißt sich los und folgt dem Strom zum Mercat de la Bocqueria, der großen alten Markthalle mit den bunten Glasmosaiken, obwohl sie jetzt eigentlich erst einmal einen Kaffee bräuchte und mit dem, was sich vor ihr auftut, eher überfordert ist: endlose Korbreihen von Gewürzen, Kräutern und Früchten; Berge von raffiniert gestalteten Obst- und Gemüsesorten in sattem Orange, Gelb, Violett und Grün; meterlange Fleischauslagen in Rot, ganze Schweine längs hingestreckt; auf einer Stange dicht aneinander kopfüber hingehängte Hühner und Kaninchen, deren trauriger Zustand merkwürdig dekorative Wirkung hat; Massen von Käsesorten, weiß-kremig bis dunkelgelb; Glaskolonnen mit eingelegten Oliven, Peperoni, Kapern, Zwiebeln, Gurken; aufreizender Hefeduft dazwischen, Fischgeruch streng dahinter; verschmierte Wände, dunkle Nischen, verwinkelte Ausgänge in alle Richtungen.

Der Andrang ist groß. Zigeunerinnen halten ihr beschwörerisch Knoblauchknollen und Plastik-Tischtücher entgegen. Was soll sie damit. Anna kauft Bananen, Tomaten, Käse, ein wunderbar goldenes, knuspriges Brot und landet auf einem kleinen Innenplatz des Marktes unter freiem Himmel. Sie setzt sich auf eine Bank, alte Matratzen, Pappe und Exkremente in Sichtweite; es stinkt. Tauben ohne jeden Charme stellen sich erwartungsvoll vor ihr auf. Anna beißt in das verlockende Brot, aus dem linken Eckzahn schießt Schmerz hoch bis ins Gehirn; sie packt das Brot ein, sucht einen Ausgang, landet auf dem Platz San-Agustin und nimmt in der Bar Americano den letzten Hocker am Tresen in Beschlag, bestellt einen Milchkaffee.

"*Bien caliente*?" fragt der junge Wirt.

Wenn er wüsste, wie sie diese Frage freut. Sie liebt heißen Kaffee, richtig heißen Kaffee.

"Ja, ganz heiß“,sagt sie

"Bei mir kommt der Kaffee immer heiß aus der

Maschine", hatte ihr ein mallorquinischer Barkeeper einmal geantwortet, unberührt von ihrem Versuch, ihm zu erklären, was er natürlich wusste, dass es von der Milch abhinge, wie heiß der Kaffee letztlich sei und die deshalb vorher extra erhitzt werden muss, wozu er offensichtlich keine Lust gehabt hatte.

Anders Xavier, so nennen ihn die beiden Alten, seine Eltern, wie sich herausstellt. Xavier steckt das Milchkännchen noch einmal in die Dampfdüse und macht die Milch richtig heiß.

Es ist fast Mittag. Das Grau von gestern steht noch in den Gassen. Die Luft hat die 15° nicht ganz erreicht. Die Barcelonier versenken ihre Köpfe in den hochgezogenen Schultern wie frierende Statisten in einem Film über richtigen Winter.

Plötzlicher Andrang in der kleinen Bar. Sie kommen durch die Klapp-Glaswände von allen Seiten: Frauen mit Hausschuhen und Einkaufskörben, Männer in Arbeitsanzügen, eine Fleisch-Verkäuferin aus der Markthalle mit blutverschmierter Schürze, Bankangestellte mit Schlips und Anzug, Privatiers mit Wolljacke: für Augenblicke die heiße Tasse in den Händen spüren, kurz anhalten, Wärme und Geborgenheit einfangen, der Tag ist lang.

Eine Gruppe Kunststudenten trudelt ein, Xavier stellt schnell ein paar Tische zusammen und bringt den verschlafenen Gestalten Espressos; die grün-lila gefärbten Haare, die Ringe in Lippen und Nasen der jungen Leute stören niemanden. An der Wand sitzen die Alten und schauen zu, die Hände auf dem Stock zwischen den Beinen gestützt; irgendwann stellen sie aufgeräumt fest, dass die Sonne sich noch immer nicht sehen lasse, es aber sonst gut gehe und schauen dem Treiben weiter schweigend zu.

Auf der Glastheke reihen sich vorbereitete Tassen mit je einem Löffel und zwei Zuckerstücken.

"Heiß, nicht so heiß?“

Xavier gibt hier und da einen Schuss kalte Milch dazu. Die kleinen Gläser sind für den Cortado. Ein Mann möchte den Milch-Kaffee lieber in einem großen Glas. Xavier tauscht die Tasse gegen ein Glas und verliert sein freundliches Lächeln auch nicht, als eine junge Frau mit offenem Reißverschluss hinten sich nicht entscheiden kann, welches Gebäck sie nun will. Dieses, nein dieses da, ja! Xavier folgt jedem Fingerzeig mit der Kuchenzange, bis er das richtige Stück auf dem Teller hat. Die Mutter räumt das benutzte Geschirr weg, jemand möchte ein Schinkenbrötchen; sie holt den schweren luftgetrockneten Schinken vom Haken herunter, macht sich daran zu schaffen.

Der Vater schüttet unterdessen eine Riesentüte Kaffeebohnen in den Trichter der Mahlmaschine und unterhält sich während des heulenden Vorgangs mit dem Mann neben Anna; er gehört offenbar zur Familie. Anna bestellt noch einen Kaffee. Eine junge Frau mit enger Kittelschürze über dem prallen Leib setzt beide Spielautomaten in Gang; sie weiß, was sie tut, betätigt die Tasten ohne hinzuschauen, das Laufwerk überschlägt sich zu elektronischen Höchstleistungen, Peseta-Ströme stürzen krachend in die Metallmulde; eine monotone, alles überlagernde Stimme aus dem Radio macht jede Hoffnung auf einen erträglichen Geräuschpegel zunichte. Annas Herz wuchtet gegen die enorme Anstrengung, die ihr der Lärm bereitet. Sie zahlt zwei heiße Milch-Kaffees mit drei schönen Hundert- Peseta- Stücken.

"*Gracias, adios!*", sagt Anna laut und geht. Jetzt will sie das Meer sehen; sie folgt dem Strom der Rambla in Richtung Hafen.

4. *Helden in Schwarz*

Ende der Rambla. Kolumbus auf hoher Säule, mit dem Finger in die Neue Welt gen Westen zeigend. Anna steht da wie im Kino, der Vorhang hebt sich: vor ihr die gigantische Hafenanlage von Port Veill in Cinemascope-Format.

Sie steckt den Stadtplan in die Tasche und folgt nur noch den in der Flut des hereinbrechenden Panoramas ertrinkenden Sinnen, hält sich links, wo das offene Meer sein muss, schlendert die breite Uferanlage entlang, Aquarium- Attraktion und Touristenrummel rechts liegen lassend, hinüber zur Mole mit den eleganten Terrassen-Restaurants, von Scatern, die auf dem exquisiten Holzboden zu schweben scheinen, sanft umfahren. Noch immer nicht das offene Meer. Anna geht, als würde sie gezogen; sie überquert den Damm Nacional und gelangt nach Barceloneta, dem alten Matrosen- und Fischerviertel mit den engen parallelen Gässchen; es riecht verlockend nach Fisch und Knoblauch; kleine Restaurants dicht bei dicht; die einfachen Tische sind gedeckt, aber Anna will jetzt nicht essen; sie spürt etwas, was sie noch nicht begreift und vorwärts treibt. Auf ihren schwarzen Stiefeln klebt Sand, dabei ist sie nur auf Steinen und Holz gegangen...

Plötzlich Ende der Gassen, vor ihr Sand, sonst nichts, niemand. Sturmfetzen umpeitschen sie, im Hintergrund dunkle, tobende Weite: das Meer, ein äußerst gereiztes Meer, eher infernalisch als mediterran. Hohe Wellen überschlagen sich donnernd, knallen gegen den ockerfarbenen Sand, fressen sich in ihn hinein, höhlen ihn aus, schießen hoch, schließen ihren reißerischen Schlund, fallen in sich zusammen, formieren sich neu zu bleierner Masse und schlagen mit noch größerer Wucht zurück. Anna kämpft sich vor. Ihr Herz rast. Die Grenze zwischen ihr und der wütenden Gewalt um sie herum ist aufgehoben; sie weiß nicht mehr, ob sie es ist, die Meer, Sand und Sturm erlebt oder ob diese sie in diesem Augenblick erschaffen. Der Leib wird durchdrungen von den Elementen um sie herum, das Bewusstsein reduziert auf ein Minimum; verzückt läuft sie die Strandpromenade entlang, überlässt sich der irren Orgie und fühlt sich frei, befreit von sich. Massives Glück.

Auf einer kleinen Mole macht sie Halt, Herz und Atem beruhigen sich. Sie schaut um sich: hinter ihr die Sagrada Familia in diesiger Ferne; vor ihr, weit draußen in den Fluten eine Gruppe Surfer, junge Helden in Schwarz; sie trotzen dem Meer, gleiten auf dem höllischen Wellengrat, balancieren, stehen, bis sie, von aufgepeitschter Wucht erfasst, jäh in die Tiefe stürzen, umhergewirbelt, begraben werden, schrecklich lange Sekunden, Minuten in der schwarzbleiernen Masse versinken, irgendwo wieder auftauchen, sich das Wasser aus den Haaren schütteln und erneut beginnen.

Der Sturm legt sich; Anna kehrt um, die einsamen Heroen nicht aus den Augen lassend. Aus dem Sog der Wassermassen kriecht einer auf den Strand zu, sein Anzug ist aufgeschlitzt, aus dem Bein kommt Blut. Jemand rennt zu ihm, stützt ihn. Sie verschwinden hinter einer Steinmauer. Draußen geht das Ritual weiter.

Bei Kolumbus angelangt, taucht Anna erneut ein in das Gewimmel der Rambla. Im Schatten einer Platane steht ein Mann abseits. Er lässt auf einem Schal kleine Figuren Purzelbäume schlagen. Anna geht näher, 100 Pesetas für so einen drolligen Akrobaten aus Filz und Stofflappen mit zylindrischem Pappkopf und Clownsgesicht. Im Sekundentakt trudeln die Wichte kopfüber hinunter, werden von der groben Hand des Mannes aufgefangen und neu gestartet. Anna ist fasziniert und entscheidet sich für ein rot-weiß gestreiftes Kerlchen mit rotem Filzhut; sie holt ihr Portemonnaie mit den fein säuberlich übereinander gesteckten Visa- und Master- Cards heraus und reicht dem Mann das Geldstück. Seine dunkle, gelb verschmierte Hand streckt sich ihr entgegen - viel zu schnell und zu nah, empfindet sie flüchtig.

Im Hotel angekommen, isst sie eine Banane und schläft sofort ein.

5. *Louis*

Als Anna aufwacht, ist es dunkel. Jonas! Erschrocken wählt sie seine Nummer.

„Wie geht es dir, Jonas? Hast du noch Fieber?“ Anna unterdrückt ein Schluchzen.

"Hi, Mam! Mir geht’s gut, Ronald ist hier. Wir sehen gerade Fußball! Ronald sagt, er schreibt mir auch eine Entschuldigung für die Schule, alles okay, Mam!“

Der leichte Singsang in Jonas’ Stimme klingt nach Abwimmeln. Im Hintergrund hört sie Ronald etwas dazwischen rufen.

„Und was machst du so?“, fragt Jonas angestrengt. „Ist Barcelona wirklich so toll?“ Gebrüll aus dem Fernseher.

„Ich rufe morgen wieder an. Hab’ dich lieb, gute Nacht", sagt Anna leise.

"Ich dich auch, Mama, pass auf dich auf", flüstert Jonas ohne Singsang. Weg ist er.

Anna freut sich auf ihren ersten richtigen Abend in Barcelona. Sie landet auf der Plaza Pi, einem kleinen Platz im Gotischen Viertel mit improvisiertem Kunstmarkt, eingerahmt von Kirchenmauern, Restaurants, Bars, Läden und einem Hotel; Künstler halten ihre Waren feil;

Zeichnungen, Aquarelle, Leinwände hängen an Drähten zwischen den Bäumen wie Wäsche. Ihr ist kalt, sie geht in die Bar Pi, drängelt sich durch den Tresenbereich zu dem hinteren, etwas tiefer gelegenen Raum. An einem Tisch ist noch Platz, sie setzt sich, sechs Männeraugen neugierig auf sie gerichtet. Die drei illustren Typen stellen sich als Les Désastres vor. Juan mit grauem Haar erklärt, er sei Philologe, aber heute wolle er nur singen und über nichts nachdenken; Tomeu bläst auf der Mundharmonika, lallt zur Begrüßung; hinter seiner Brille sitzen schiefe Augen. Louis, der Jüngste, schiebt eine rotbraun glänzende Mini-Streichholzschachtel auf dem Tisch hin und her, schaut kurz hoch, sagt nichts; sein schwarz gelocktes Haar erinnert an den verletzten Surfer am Meer.

"Wie heißt du?", fragt Juan forsch.

"Anna."

"Anna! Was für ein schöner Name, von vorn und von hinten!" Er lacht anzüglich.

"Woher kommst du? Lass mich raten: aus Frankreich?"

"Aus Berlin."

"Aus Berlin! Super, da kommen wir dich alle mal besuchen!" Juan grinst, seine Augen schwimmen, er ist rot geworden, geht zum Klavier, greift ein paar Akkorde auf dem verstimmten Kasten, beginnt ein albernes katalanisches Lied. Einige Gäste lachen, singen mit. Tomeu will zu ihm, steht auf, kann sich nicht halten, fällt gegen Annas Schulter.

"Sorry!", sagt er, hebt die Arme hoch, wankt. Juan hört auf zu spielen, läuft zu Tomeu, hilft ihm die Stufen hoch zum Ausgang, wo sie beide verschwinden.

Louis spielt immer noch mit seiner Miniaturschachtel,

schaut ab und zu hoch, schweigt. Anna weicht seinem Blick aus, was soll sie mit dem Armani-Gesicht? Da beginnt der Schöne plötzlich zu sprechen:

"Tut mir leid, sie sind sonst nicht so. Tomeu hat zur Zeit Probleme, und Juan lässt sich manchmal gehen. Es ist mir unangenehm, aber sie sind nun mal meine Freunde, ich hoffe, du bist nicht angewidert.“

"Schon gut", nuschelt sie und trinkt ihr Wasser. Das ist irgendwann ausgetrunken. Ob sie einen Kaffee wolle, fragt Louis.

"Nein."

"Einen Martini?"

"Nein."

"Noch ein Wasser?"

"Nein, nein.“

„Dann einen Tee!“, sagt er mit Bestimmtheit und bestellt Tee. "Berlin muss großartig sein", fährt er unbekümmert fort, "jedenfalls was man so im Fernsehen sieht und hört. Vor zwei Jahren hatte ich eine Einladung nach Berlin als Ausländerbeauftragter; leider konnte ich dann doch nicht hin; vielleicht ein andermal."

Anna nimmt eine Papierserviette aus dem Behälter, knüllt sie in der feuchten Hand.

"Berlin ist eine tolle Stadt, aber Barcelona ist irgendwie noch aufregender!", sagt sie.

"Ja, Barcelona ist die Stadt überhaupt! Seit wann bist du hier, Anna?"

"Seit gestern."

"Wo wohnst du?"

„Im Hotel Montecarlo."

"Wie lange bleibst du?"

"Eine Woche."

"Gut, dann können wir uns Freitag Abend treffen. Ich zeige dir das Gotische Viertel, unser Viertel."

- Langsam, mein Sohn, du verfügst bereits über meine Zeit, grollt es in ihr, - und dass dies das Gotische Viertel ist, weiß ich bereits.

Louis macht einen neuen Anlauf:

"Weißt du eigentlich, wie wir Barcelonier unsere Stadt nennen? Barça! Unser Barça!"

"So heißt doch euer Fußballverein."

"Ja, aber wir nennen unsere Stadt auch so." Louis' Augen glänzen: "Barcelona, das ist die Stadt der Freiheit, der Erotik und der Jugend, die City der Liebe und des Lebens!", sagt er emphatisch, nimmt ebenfalls eine Serviette aus dem Ständer und schiebt sie ihr in die halb geöffnete Hand. Sie errötet.

"Ich finde dich sehr erotisch, Anna. Ich will dich wiedersehen. Sag' nicht nein."

Da hatte sie die Nähe und Direktheit, von der sie immer sprach.

"Vielleicht treffen wir uns ja morgen hier", sagt sie ausweichend.

"*Mañana es nunca...* Aber gut. Ich bin morgen um 19.30 Uhr wieder hier. Du kommst doch!?"

"Mal sehen." Sie steht auf.

"Warte!", sagt er, beugt sich über den Tisch, reicht ihr das rote, glänzende Streichholzpäckchen, und sie kann nicht umhin, sich darüber zu freuen.

"*Gracias, adios*", sagt sie, zahlt ein Wasser und geht.

6. *In der Bar Flor*

Anna driftet zurück zur Rambla, die jetzt noch voller ist als am Tag. Laternen, Lampen, Lichterketten, Fassaden-Scheinwerfer gestalten das abendliche Dunkel theatermäßig. Über einem großen, schwarz verhängten Gestell taucht der vergoldete Kopf eines jungen Mannes auf wie eine Erscheinung, mit geschlossenen Augen und sanftem Lächeln; jemand wirft Geld in die Schale, da öffnen sich die Augen, neugierig blinzelnd, auf dem Gesicht breitet sich Staunen aus, um gleich wieder in einen Hauch unerschütterlicher Seligkeit zurück zu fallen.

Anna lässt sich treiben. Sie genießt die Blicke, die sie von allen Seiten vibrierend durchdringen; mit Wonne spürt sie, wie sehr sie wahrgenommen wird, anders als in Berlin, obwohl sie dasselbe Outfit trägt und die Haare hochgesteckt wie immer; die Menschen hier schauen anders, sie schauen nicht weg, sondern suchen den Blick, begegnen einander offen, zeigen unverhohlen Sympathie, Bewunderung, Freude. Anna fühlt sich schön.

Sie hat Hunger und biegt in eine Seitenstraße. Im Schaufenster der Bar Flor eine große Vitrine voller leckerer Tapas. Anna nimmt am Tresen direkt vor der Vitrine Platz und lässt sich vom Wirt einen Teller mit gebackenen Auberginen, Kroketten und einem Stück Tortilla warm machen. An den hinteren Tischen spielen Männer Backgammon, eine Frau ist mit ihrem Kleinkind beschäftigt, rechts oben in der Ecke läuft eine Fernseh-Show, niemand schaut hin. Neben ihr sitzen Männer in Arbeitskleidung, sie sehen müde aus, essen schweigend vor sich hin.

Ein Typ mit Schirmmütze und dunklem Schnurrbart kommt herein, bleibt an der Eingangstür stehen, bestellt ein Bier, greift das Glas mit gelb verschmierter Hand und wendet sich beim Trinken ab.

- Der sieht aus wie der Mann auf der Rambla heute Nachmittag, denkt Anna, während sie sich die dampfenden Tapas schmecken lässt.

Unterdessen manövriert sich ein Junge mit einem Stapel Geschirr durch die schwingende Küchentür seitlich, verteilt Teller und Tassen auf den Ablagen, schneidet Baguette-Brote, reicht Anna einen kleinen Korb voll, lächelt scheu, als sie sich bedankt. Der Junge ist hochgeschossen, sein blasses Gesicht trägt noch die Züge eines Kindes; immer wieder schaut er zu der dunklen Gestalt an der Tür, auch der Wirt scheint den Fremden im Auge zu haben.

Anna spürt plötzlich Unbehagen. Im Spiegel trifft ihr Blick auf die Augen des Mannes. Sie will gehen, bittet um die Rechnung, holt ihr schwarz-ledernes Portemonnaie heraus, hält es in der Hand, während der Wirt ihr den Zettel reicht. Da geschieht es, blitzschnell, lautlos: ihre Hand ist leer, die Börse weg, der Typ am Ausgang auch. Anna stutzt, dann schreit sie los:

„Mein Geld! Mein Geld ist weg!“

Der Wirt schaut sie mit großen Augen an. Die Gäste

halten inne. Nur der Junge reagiert. Er schießt aus dem Tresenbereich hervor, wirft seine Schürze auf den Boden, rast in die Dunkelheit hinaus, dem Flüchtenden hinterher.

Anna sitzt da wie blöde vor Schreck. Wut und Scham kommen hoch: wie konnte ihr das passieren? Eben noch ausgestattet mit Master- und Visa- Card und einem Haufen Peseta- Scheinen, ist sie jetzt nicht einmal in der Lage, die Tapas zu bezahlen. Man redet ihr gut zu: sie könne sich an das Deutsche Konsulat wenden, aber erst einmal zur Polizei... Nein, den Mann habe man hier noch nie gesehen, wahrscheinlich so ein Asylant, ein Tunesier, eine Frechheit...!

Es dauert nicht lange, und der Junge kehrt mit hochrotem Gesicht zurück, streckt Anna triumphierend die Geldbörse wie eine Trophäe entgegen. Außer Atem berichtet er, dass er den Dieb gejagt habe, bis der die Beute fallen gelassen habe und verschwunden sei. Wahnsinn. Alles noch drin. Anna bedankt sich bei dem Jungen, reicht ihm einen Geldschein; er will das Geld nicht; der Wirt gibt ihm zu verstehen, dass er es annehmen könne.

7. *La Sagrada Familia*

Am nächsten Morgen wacht Anna mit mulmigem Gefühl auf. Der Abend liegt ihr noch im Magen: erst dieser eingebildete katalanische Schnösel, mit dem sie heute Abend auch noch mehr oder weniger verabredet ist, dann die schmierenkomödiantische Szene mit dem Geldklau. Lächerlich. Peinlich.

Die Rambla unter ihr tobt bereits, und das Unglaubliche ist geschehen: die Wolkendecke zerplatzt, blauer Himmel zwischen weißen Wolkenfetzen, die Sonne scheint, alles leuchtet, nur der kalte Wind verrät den Monat Januar.

Anna pilgert langsam zur Bar Americano, wo Xavier sie mit seinem *bien caliente?* begrüßt.

„Ja, ganz heiß", sagt sie wieder und bestellt sich zum Kaffee eine dicke, runde, klebrige Ensaimada, dieses wundervolle, mit Puderzucker bestreute, in Fett gebackene Etwas aus Hefe und sinnt beim Kauvorgang nach über die Sinnlosigkeit ihres Treibens in Barcelona. Das süße Zeug zieht in den Zahn, wieder dieser Schmerz hoch bis ins Gehirn. Eigentlich hasst sie es, irgendwo Tourist zu sein; doch sie befindet sich in einer fremden Stadt ohne ersichtlichen Grund und damit genau in der Situation, einer zu sein.

"Sie haben es gut", sagte Annas Zahnarzt in Berlin nicht ohne Neid, als sie ihm von ihrer geplanten Barcelona-Woche erzählt. Gleichzeitig machte er sie darauf aufmerksam, dass sie sich auf eine Kronenbehandlung einstellen müsse, links oben würden keine Füllungen mehr halten.

"Keine Angst, wir machen das schon!"

Seine Stimme wurde weich. Jetzt solle sie erst einmal nach Barcelona fahren, aber warum alleine, fragte er mit merkwürdigem Unterton, ihre Hand etwas zu lange festhaltend.

"Sie müssen sich unbedingt Gaudí ansehen!", rief er ihr noch zu, als er im Nebenraum verschwand.

Auch Ronald betonte am letzten Abend, Gaudí sei einfach ein Muss in Barcelona.

"Ich habe überhaupt keine Lust auf diesen Gaudí", sagte Anna endlich.

"Was? Du willst in eine Stadt, die stolz auf ihren Gaudí ist, und du interessierst dich nicht! Du bestehst doch sonst immer darauf, dass man sich mit allem auseinandersetzen soll. Von mir verlangst du das doch auch ständig!" Ronald war entrüstet.

Anna konnte sich nicht erinnern, das so gesagt oder gefordert zu haben; und Ronald würde eh nichts tun, was ihm nicht behagte, aber egal, was sollte sie antworten?

- Nicht jeder Pup ist Kunst oder: nicht das Besondere ist das Große; das Besondere muss allgemein werden oder so ähnlich, lag ihr auf der

Zunge, aber das würde das Gespräch nicht gerade vereinfachen, und darum ging es jetzt auch gar nicht.

Es war der letzte Abend vor ihrer Abreise. Sie saßen im Wellenstein, tranken roten Martini mit Zitrone und Eis bei sanftem Jazz-Sound, sie lehnte sich zurück, wollte diesen Moment festhalten, legte ihre Hand auf Ronalds Arm, ließ die Auflösung der inneren Starre zu, willigte ein in den versöhnlichen, leicht schwindelig machenden Zigarettendunst und den gedämpften Unterhaltungspegel des gut besuchten Lokals.

- Ja, warum ist mir die Architektur dieses katalanischen Kauzes nicht einfach gleichgültig, dachte sie, - ähnelt sie doch bloß jenen harmlosen, von Kindern am Strand aus nassem Sand getröpfelten Gebilden, die irgendwann zusammensacken und sich letztlich in Brei auflösen...

"Immerhin bist du die Frau eines Kunsthistorikers; du schaust dir wenigstens Gaudís Wohnhäuser an, mir zuliebe, ja?", beendete Ronald das Thema, nahm ihre Hand und lehnte sich ebenfalls zurück, dicht an ihre Seite.

- Ich liebe diesen Mann, huschte es durch ihr Hirn, und in diesem Augenblick hätte Anna niemandem erklären können, warum sie beide getrennt lebten.

In der Bar ist es diesmal nicht so laut, und Anna verlängert ihr köstlich-kalorienreiches Ensaimada-Gelage mit einer Zigarette.

- Vielleicht wäre heute ein guter Tag für ein bisschen Sightseeing, denkt sie, Ronald zuliebe; warum nicht zur Sagrada Familia, die ist auf alle Fälle berühmt und liegt günstig, jedenfalls sieht es im Stadtplan aus, als könne sie danach auf der schnurgeraden Maritim Avenue direkt zum nicht minder berühmten Olympischen Hafen zurück laufen. Zwei Fliegen mit einer Klappe.

„*Adios, hasta mañana*", ruft sie Xavier zu, der gerade mit einem Haufen Baguette-Broten aus der Küche kommt.

Auf der Rambla ein freier Telefonstand. Jonas. Es dauert, bis Anna seine Stimme hört:

„Hallo, Mama, was ist denn?" Er klingt völlig verschlafen.

„Was denn ist? Ich will wissen, wie es dir geht!" Anna schluckt.

„Mann, ich hab' geschlafen..."

„Hast du kein Fieber mehr? Hat sich dein Vater bei dir gemeldet?"

„Nein."

„Wie: nein? Hast du kein Fieber mehr?"

„Nein. Mama, du nervst. Es ist alles okay, ich bin einfach müde."

„Gut, dann schlaf, ich ruf dich später wieder an, tschüss, Kleiner", sagt sie wohl eher in den Äther; Jonas hat bereits aufgelegt.

Dann eben auf zur Heiligen Familie! Anna lässt sich in einem hoffnungslos überfüllten Bus mit Enthusiasten aus aller Welt zu dem sagenumwobenen Bau fahren, bleibt in der Parkanlage des kleinen Platzes davor stehen. In dem Teich drängeln sich Enten, eine Horde von Tauben bedeckt den kargen, mit Ausscheidungen bedeckten Rasen, es stinkt; das gewaltige dunkle Gemäuer vor ihr ist total eingerüstet und befindet sich laut Broschüre in wohl nie endender Komplettierung, Restaurierung, Sanierung. Was zu sehen ist, wirkt verworren, abstoßend; Karawanen von Reisebussen defilieren vor dem düsteren Sakral-Monument, spucken ihre Ladungen aus, warten auf dem Parkplatz darauf, sie wieder einzusammeln und neu zu verfrachten. Alles knipst, filmt, starrt. Kinder rennen über den Platz, scheuchen kreischend die mickrigen Tauben vor sich her, Federn fliegen auf... Anna eilt zur Straße zurück, Ekel packt sie, sie winkt ein Taxi heran, ja, bitte, immer geradeaus, Richtung Olympischer Hafen, zum Meer, *gracias*! Sie öffnet das Wagenfenster und atmet gierig den frischen Fahrtwind, dankbar, dem Irrsinn hinter ihr entkommen zu sein. Armer Ronald. Nicht einmal zu einer Ansichtskarte hat es gereicht. Sie hat es wenigstens versucht.

Da ist zum Glück wieder das Meer, noch aufgewühlt, aber gezähmter als gestern; Riesenfrachtschiffe schattenhaft in der Ferne; die Sonne längst von der Wolkenwand verschluckt; feuchter Dampf liegt über dem Strand; Möwen glotzen in den bleiernen Meeresschlund, plustern sich auf gegen die Gischt, heben ab, baumeln in den Böen hin und her, die dünnen Beinchen dicht an den Bauch gepresst. Anna setzt sich auf die hohe Strandpromenade, das geheimnisvolle Element unter ihr und lässt sich durchpusten von dem launigen Wind um sie herum, saugt die Frische auf mit Herz und Lungen, bis sie fröstelt.

Der ganze Olympische Hafen ist wie ausgestorben. Zwischen Hochhäusern ein provisorisch geöffnetes Schickeria-Café für eine Schar gestylter Gestrandeter:

ein elegant gekleideter Herr mit Schoßhund und Zeitung, zwei ältere Damen in Pelz paffend, ein Pärchen gelangweilt vor sich hin schauend, lauter Egos. Öde. Anna trinkt den heißen Tee, macht, dass sie von hier weg kommt; zurück ins richtige Barcelona.

Es ist kurz nach 18.30 Uhr; Anna ist neugierig, ob der Schönling gekommen ist und schaut kurz in die Bar Pi, Louis ist natürlich nicht da. Sie ärgert sich, dass sie diese Verabredung überhaupt in Betracht gezogen hat. Ziellos schlendert sie in den Gassen umher; überall großer Andrang in den Bars und Cafés.

„*Buenas noches*!“ Ein tadellos gekleideter Herr steht plötzlich neben ihr.

"Verzeihen Sie, das ist heute mein letzter Abend in Barcelona", stammelt er auf Spanisch, Französisch, dann Englisch und ist entzückt, als sie Deutsch spricht.

"Ich bitte Sie, seien Sie mein Gast!", sagt er mit vorzüglicher Höflichkeit und zieht sie an einen offenen Tresen, schon steht ein Cinzano vor ihr.

"Ich habe heute wichtige Gespräche mit dem Bürgermeister geführt; es geht um den Smart, wissen Sie, dieses kleine sensationelle Auto von Mercedes und Swatch.... Sie haben sicher davon gehört. Das wird ein Renner, sage ich Ihnen. Barcelona ist einer der Präsentations-Plätze.“ Der gute Mann riecht nach Alkohol.

"Und was führt Sie nach Barcelona?" fragt er schweizerisch angehaucht, Haarsträhnen fallen ihm ins gerötete Gesicht.

"Nichts Besonderes", sagt Anna und nippt am Cinzano. Der Barkeeper grinst zu ihnen rüber. Der brave Schweizer ist nicht beeinträchtigt. Ausführlich beginnt er, seinen beruflichen Werdegang zu schildern, vom Nobody zum Firmenchef:

"...Du musst Sprachen lernen, Ingo, Ingo, du musst Sprachen lernen, sagte ich immer zu mir; kannst du Sprachen, hast du Erfolg - also lernte ich Sprachen!", erzählt er begeistert und trinkt sein Bier in einem Zug aus. "Bitte, lassen Sie uns zusammen essen gehen! Ich habe ein wunderbares Restaurant entdeckt...", fährt er in wachsendem Crescendo fort.

"Danke, ich bin schon verabredet", sagt Anna, - und das ist nicht einmal gelogen, denkt sie für sich. „Ich wünsche Ihnen einen angenehmen Abend in Barcelona", fügt sie laut hinzu, lässt den verdutzten Mann stehen und nimmt noch einmal Kurs auf die Bar Pi. Vielleicht ist Louis doch gekommen? Es ist nach 19 Uhr, er müsste jetzt längst da sein. Die Bar ist zum Bersten voll; sie drängelt sich durch die qualmenden Steher vorne, Louis nirgendwo zu sehen. Sie ist wütend. Über sich selbst. Ist sie im Ernst davon ausgegangen, dass er kommt? Und wenn er gekommen wäre, was dann? Sie friert und hat Hunger; am besten wieder zur Bar Flor, wo ihr gestern Abend noch Albondigas in Tomatensauce empfohlen wurden.

Auf der Rambla in Höhe der Metro Station stößt sie auf eine Menge Schaulustiger um ein grell erleuchtetes Podest herum: ein dicker, halbnackter, silbrig glänzender Chinese steht mit vorgebeugtem Oberkörper und weit ausgestreckten Armen auf einem Bein federnd in der

Hocke und grinst ins Publikum; plötzlich reißt er die Arme hoch und schwupp! springt er wie ein ferngesteuertes Spiralmännchen auf das andere Bein, fängt den Körper wieder in der Hocke wippend auf und grinst breit weiter. Die Leute kreischen vor Vergnügen: die Rambla- Attraktion an diesem Abend.

In der Bar Flor wird Anna freundlich begrüßt, der Vorfall von gestern Abend glücklicherweise nicht erwähnt. Der Junge hat heute frei. Ungestört isst sie die herrlich gewürzten Fleischbällchen, Brot, Oliven dazu und trinkt ein Glas Wein des Hauses. Sie vermisst niemanden. Den Abend alleine verbringen zu können, hat auch etwas; immerhin birgt das Alleinsein ein beträchtliches Maß an Qualität: Freiheit.

Anna ist müde; sie freut sich auf ihr Hotel, zahlt und geht. In dem Zimmer stört sie nichts mehr, auch der chemische Geruch ist weg oder sie hat sich bereits an ihn gewöhnt; sie macht sich für die Nacht fertig, zieht die Vorhänge zu und versucht zu schlafen. Da klingelt das Telefon.

9. *Louis-Mustafa*

Anna erschrickt. Jonas! Sie hat ganz vergessen, ihn nachmittags anzurufen. Zitternd nimmt sie den Hörer ab, die Rezeption:

„Ein Anruf für Sie!“ Knacken in der Leitung, dann eine trockene Stimme:

„Anna! Ich warte seit Stunden auf Dich. Warum bist du nicht gekommen?“ Es ist Louis.

„Da fragst du? Ich war da, du warst nicht da“, sagt sie empört.

„Ich war natürlich da. Punkt 19.30 Uhr, wie verabredet.“

„Wir waren um 18.30 Uhr verabredet, um 19 Uhr warst du immer noch nicht da.“ Annas Stimme überschlägt sich vor Ärger.

„Du irrst, ich kann mich gar nicht um 18.30 Uhr verabredet haben, da arbeite ich noch“, sagt er ruhig.

- Soll ich die Uhrzeit tatsächlich falsch verstanden haben?, denkt sie. „Egal, jetzt ist es zu spät. Ich schlafe schon“, sagt sie abweisend.

„Das kann nicht dein Ernst sein, Anna. Du kommst nach Barcelona und willst jetzt schon schlafen? Das Leben fängt hier gerade erst an. Komm runter, ich warte auf dich.“

Sie stutzt. - Nein, so nicht, denkt sie. Sie hat überhaupt keine Lust, sich noch einmal umzuziehen.

„Heute Abend nicht mehr, Louis. Ich bin müde. Wir können das morgen nachholen“, sagt sie vage.

„Ich bleibe so lange hier unten stehen, bis du kommst“, insistiert er.

- Ich lasse mich doch nicht überrumpeln, denkt sie.

„Es ist einfach zu spät für mich, verstehst du? Ich kann und will heute Abend nichts mehr unternehmen“, sagt sie laut, nicht ohne Trotz.

„Wenn du nicht runter kommst, komme ich zu dir nach oben; mit der Rezeption bin ich gut befreundet.“ Louis klingt kokett und ernst zugleich. Den wird sie offenbar nicht ohne weiteres los.

„Gut. Ich komme in zehn Minuten“, sagt sie schließlich, „aber nicht lange, hörst du?“

„Ich warte vor dem Hotel. Beeil dich!“ Er legt auf.

Unglaublich. Sie macht sich tatsächlich noch einmal ausgehbereit mit etwas Augen-Make-up und Glanz auf den Lippen und fährt mit mulmigem Gefühl den marmorierten Fahrstuhl abwärts, begibt sich hinaus in das kochende Treiben der Rambla. Louis steht an der Seite, lässig gegen einen Pfahl gelehnt; er rührt sich nicht vom Fleck, als sie näher kommt.

„Anna. Endlich“, begrüßt er sie knapp, stellt sich gerade vor sie auf, blickt sie an in Augenhöhe.

„Lass uns gehen“, sagt er.

„Wohin?“

„In die Altstadt, in eine meiner Lieblings-Kneipen; da ist um diese Zeit niemand; ich will ungestört mit dir sein.“

Sie wühlen sich durch die Menschenmassen Richtung

Hafen, in dem Gedränge nimmt er ihre Hand:

„Damit du nicht abhanden kommst!“, schreit er, zieht sie rechts rüber in eine Seitenstraße und verschwindet mit ihr in einem menschenleeren Viertel, wo Straßenbeleuchtung spärlich ist. Sie gehen schweigend nebeneinander her. Anna friert trotz Wollkostüm, Louis trägt eine leichte Jeansjacke, das weiße Hemd darunter ziemlich weit aufgeknöpft.

- Was soll das werden, denkt sie verunsichert und bleibt dicht an seiner Seite.

„Wir sind gleich da“, sagt Louis. „Übrigens, mein richtiger Vorname ist Mustafa, meine Freunde nennen mich Louis; Mustafa ist ihnen zu arabisch. Ich möchte, dass du das weißt.

„Okay“, sagt sie, nicht gerade beruhigt.

Nach endlosen dunklen Häuserwänden endlich Licht: die besagte Kneipe, wie es sie in Berlin zuhauf gibt. Der Laden ist leer. Hinter dem schmucken Tresen ein Mann mit Hornbrille, er poliert Gläser, schaut neugierig hoch, als Louis und Anna reinkommen. Louis bestellt eine Coca für sich, einen Martini für Anna; sie setzen sich an einen Tisch in der Ecke.

„Ich habe es kaum ausgehalten, dich wieder zu sehen“, sagt Louis unvermittelt.

Anna errötet.

„Louis...“, sagt sie.

„Mustafa...“, unterbricht er sie. „Ich habe dich gesehen, Anna, und wusste sofort, dass wir etwas miteinander zu tun haben.“

Die Getränke werden gebracht. Sie schauen schweigend aneinander vorbei.

10. *Kraftfelder*

„Mir wurde gestern in der Bar Flor mein Portemonnaie geklaut“, sagt Anna, um etwas zu sagen, „ein dunkler Typ, wahrscheinlich ein tunesischer Asylant, meinte der Wirt...“

„Ach, das sind bloß arme Schweine! Du darfst hier natürlich nicht mit deiner dicken Lederbörse umherspazieren; pass halt besser auf“, sagt Mustafa unbeeindruckt, trinkt seine Coca, beugt sich zu ihr über den Tisch.

„Anna, lass uns die Zeit nutzen. Ich weiß, was du denkst, aber das Alter hat keine Bedeutung.“

„Du kennst mich doch gar nicht“, sagt Anna.

„Ich weiß eine Menge von dir, ich sehe deine Augen, deine Bewegungen, nehme deine Gestalt wahr, höre deine Stimme, habe deine Hand berührt; das war übrigens ziemlich speziell vorhin, so eine merkwürdige, prickelnde Energie, ich spüre sie noch.“ Mustafa rückt näher.

„Ich will dir eine Geschichte erzählen, Anna, oder besser ein Geheimnis, niemand weiß davon. Ich hatte das Ganze fast vergessen; durch dich bin ich wieder darauf gestoßen und lässt mich seitdem nicht mehr los...“ Mustafa legt seine Hände auf den Tisch, sucht Annas Blick und beginnt zu erzählen, langsam, als würde er das Vergangene Satz für Satz in sich lebendig werden lassen wollen:

„Ich war acht Jahre alt; unsere Nachbarn hatten eine erwachsene Tochter, die war sehr hübsch, mir fiel schon als Junge ihre Schönheit auf. Sie war fast zwanzig und wie eine große Schwester für mich. Ich ging in ihrem Haus ein und aus, als wäre ich dort zu Hause. Einmal - es war Frühling, wir hatten Ferien, und ich genoss die Freiheit, tun und lassen zu können, wozu ich Lust hatte – da ging ich in das Haus nebenan, die Tür stand offen, niemand war da. Ich rief laut *holà*. ‚Warte', sagte jemand von oben, ‚ich bin noch im Bad'. Es war die Tochter. Dann kam sie. Sie war in ein himmelblaues Tuch gehüllt und stieg langsam die Treppe herab. ‚Was willst du?' fragte sie mich lachend. Ich wusste nicht, was ich sagen sollte und lachte auch. Sie ging an mir vorbei, schloss die Tür zu und sagte zu mir: ‚Möchtest du ein paar Kekse?' Ich sagte: ‚Ja, und auch ein Glas Milch!' Sie lachte wieder, ging und holte mir Kekse und Milch. Dann fragte sie mich: ‚Willst du wirklich nichts weiter?', öffnete ihr Tuch und sagte: ‚Und das willst du nicht?'"

Mustafa hält inne, drückt seine Handflächen zusammen, schaut Anna an, die die ganze Zeit reglos zugehört hat, dann räuspert er sich, atmet tief durch und fährt fort:

„Ich war damals noch ganz und gar damit beschäftigt, die Sexualität an meinem eigenen Körper zu entdecken. Was ich da zu sehen bekam, überwältigte mich völlig. Ich sah ihren nackten Körper, die dunkle, glänzende Haut, die prallen Brüste, das schwarze Etwas zwischen den Beinen und starrte sie an, ohne ein Wort herauszubringen. Sie kam näher, und ich begriff, warum sie die Tür abgeschlossen hatte: was sie tat, tat sie nur für sich und für mich, für sonst niemanden. Ich begriff auch, dass sich das nicht schickte, darum hatte sie die Tür abgeschlossen. Sie klebte regelrecht an mir, nahm meine Hand und ließ sie über ihren Busen gleiten und zeigte mir, wie ich ihre Brustwarzen streicheln und kneten müsste, dann führte sie meine Hand nach unten, wo das Schwarze war; da war es heiß und nass. Ich mochte es. Sie befahl mir, das auch mit dem Mund zu tun. Ich gehorchte, und es gefiel mir auch... Ende der Geschichte", sagt Mustafa, steht abrupt auf, geht zur Toilette. Als er zurück kommt, duftet er appetitlich nach Seife.

„Lass uns gehen", sagt er mit rauer Stimme. Anna trinkt ihren Martini aus, Mustafa zahlt am Tresen. Der Brillenmensch ist noch mit dem Polieren der Gläser beschäftigt; der nächtliche Kneipenansturm steht kurz bevor. Als sie beide auf der Straße sind, legt Mustafa den Arm um sie.

„Sag was, Anna."

„Was soll ich sagen, deine Geschichte gefällt mir nicht, du bist missbraucht worden."

„Missbraucht? Ein schreckliches Wort. Im Gegenteil: das war das Beste, was mir passieren konnte; wir haben es damals fast zwei Jahre lang heimlich getrieben, bis meine Eltern wegzogen; ich habe viel gelernt bei der jungen Frau; für mich war das eine Art Einweihung in die hohe Schule der Sexualität und Erotik."

„Du warst ein Kind, Mustafa, Du bist einfach benutzt worden. Mit Erotik hat das nichts zu tun", sagt Anna scharf.

„Es hat mir aber auf keinen Fall geschadet! Ach, Anna, lass gut sein. Ich will nicht mit dir streiten. Das Leben ist so kostbar, in jedem Augenblick hält es wundervolle

Momente für uns bereit, und wir nehmen sie nicht wahr, gehen blind an ihnen vorbei.“ Mustafas Stimme hat einen warmen Klang bekommen, er bleibt stehen, zieht Anna behutsam an sich. Sie lässt es geschehen.

„Ich weiß nicht, warum ich dir diese Geschichte erzählt habe; ich bin kein Kind mehr, und du bist nicht jene Frau, die mich verführen will, und doch hat das irgendwie alles mit uns zu tun, lass es uns herausfinden, Anna“, sagt er leise und presst seine warmen Hände in ihre; sie spüren das gemeinsame Pulsieren in ihren Fingerspitzen und stehen eine Weile so da.

„Lass uns unsere eigene Geschichte finden, eine Geschichte der Faszination, des Genusses, der Unmittelbarkeit, ohne zu fragen warum“, flüstert er. Seine Lippen sind dicht vor ihrem Mund, ohne ihn zu berühren; hauchweit voneinander entfernt, atmen sie hörbar in die Stille hinein; ein merkwürdiges Kraftfeld entsteht, das sie beide umhüllt, durchdringt, bis in die entferntesten Zellen ihrer Leiber; eine Flut von Impulsen ergießt sich mit dem strömenden Blut in ihre Organismen, bewirkt heftige Aufruhr in allen Gliedern. Sie beginnen zu zittern, taumeln gegen einen Müllcontainer, bleiben aneinandergeklebt stehen, steif vor Genuss, eine Ewigkeit lang. Anna spürt durch die Kleidung hindurch sein hartes Geschlecht, seine Zunge dringt in ihren Schlund; ihre Knochen, Muskeln und Sehnen lösen sich in Brei auf; kraftlos sinkt sie in die Knie. Er fängt sie auf, hält sie fest. Im Scheinwerfer eines Wagens sehen sie Gestalten auf sich zukommen. Hier können sie nicht bleiben.

„Lass uns in dein Hotel gehen“, flüstert er.

„Nein, ich kann nicht mehr...“, sagt sie erschöpft. Er

bringt sie ohne Widerrede zum Hotel, und sie verabreden sich für den nächsten Abend.

11. *Ein neuer Tag*

Als Anna erwacht, dringt der Tag bereits durch die Vorhänge; die Scheiben der gegenüberliegenden Gebäude werfen wildes Sonnendesign auf ihr Bett, dabei ist Regen angesagt. Sie hat wunderbar geschlafen, ohne Ohropax; Wonne durchströmt ihren Leib, nur im Kopf herrscht Unruhe. Auf dem Nachttischchen glänzt Mustafas dunkelrote Mini-Streichholzschachtel. Jetzt erst einmal ein ausgiebiges Bad und in Ruhe alles ordnen. Sie setzt sich in die Wanne, mitten hinein in den breiten dampfenden Wasserstrahl aus mittlerer Höhe und lässt sich von oben bis unten vollströmen.

Wie aber etwas ordnen, wenn es keinen Erfahrungspool, kein inneres Muster gibt, in das eingeordnet, abgespeichert werden kann? Das Erlebte von heute Nacht zielt ins Leere, findet keinen Nährboden zum Einnisten; alle ihre vorhandenen Vorstellungen und Mechanismen greifen nicht. Sie kennt nur ein Bild, dem sie ihr Leben lang gefolgt ist und das sie erotisch erregt, inspiriert, motiviert hat: sich einem Mann zu nähern, dem ins Gesicht geschrieben steht, dass er kaum noch oder nicht mehr an die Liebe glaubt – wobei sie naturgemäß überwiegend im grauhaarigen Klientel gelandet ist. Ja, da kommt sie in Gang, wenn sie Initialzündung sein kann; wenn sie entfachen, „liebes-gläubig" machen soll und will und Abwehr überwinden muss. Und ist damit immer auf der sicheren Seite, muss sich nicht einmal sonderlich anstrengen: denn für den, der dürstet, sind schon Wassertropfen Seligkeit. Vielleicht steckt hier auch keimhaft-subtil der Trieb verborgen, Macht und Kontrolle über einen Mann zu gewinnen: denn wer rennt schon weg, wenn er zu glühen beginnt? Es lohnt sich immerhin, in diesem Zusammenhang auch noch einmal über ihre Beziehung zu Ronald nachzudenken. Aber nicht jetzt!

Das Badewasser steht ihr bereits über dem Bauchnabel. Anna stoppt die tosende Flut, lässt sich in den weichen, weißen Schaum gleiten, schließt die Augen... Der junge Barcelonier stellt auf jeden Fall eine neue erotische Dimension für sie dar. Sie muss nicht einmal mit ihm schlafen, um bereits gebrandmarkt zu sein. Irritierend und reizvoll zugleich: dieser schöne, unversehrte, nicht bedürftige Mensch will sie beschenken, sich ihr hingeben. Selbst wenn Louis-Mustafa ein Spinner ist und sie sich die Dinge nur zusammenreimt: das Gefühl, das Anna an diesem Tag durchweht, ist ein Stück Realität. Sie will einwilligen in diese neue Realität und sich ihr mutig stellen, ein für alle Mal.

Ihre Fingerspitzen sind schrumplig aufgequollen, das Wasser nicht mehr wirklich warm. Sie beendet das Bad, schlüpft in Jeans und Pullover. Die Rambla unten ruft, schreit, drängt. Anna kann es kaum erwarten, sich in sie hinein zu stürzen und läuft mit Turnschuhen die fünf Stockwerke hinunter, an der Rezeption vorbei...

„...Señora, ein Brief für Sie!", bleibt kurz stehen, nimmt den Umschlag entgegen, rennt hinaus in den Strom der Straße. Es ist schon Mittag, heute nicht Milchkaffe bei Xavier, gleich Richtung Hafen. Vor Kolumbus links ein Café mit haufenweise jungen Leuten. Anna setzt sich in einen sonnigen Winkel, bestellt Frühstück mit Orangensaft; sie will nur da sitzen, die Beine von sich strecken, das Leben um sich herum mit allen Sinnen aufnehmen, ihr Frei-Sein genießen, überhaupt diesen geschenkten Tag einfach geschehen lassen, das Ganze höchstens mit dem Hauch einer Zigarette vervollkommnen. Doch der Brief in der Tasche drängt sich auf, sie öffnet das Kuvert mit den Insignien des Rathauses, auf einem Zettel Mustafas eilig hingeworfene Zeilen: „Sei mittags Rambla- Ende, will dich sehen! Mustafa."

12. Am Strand

Da steht Mustafa schon neben ihr, heute mit dunklem Jackett, das weiße Hemd zugeknöpft.

„Ich hab' dich vom Büro aus gesehen; ich wusste, dass ich dich sofort entdecken würde“, sagt er, setzt sich auf eine Stuhlkante, rückt dichter an den Tisch, berührt ihre Fingerspitzen.

„Ich muss gleich wieder los. Ein herrlicher Tag für den Strand, was hast du vor?“ Mustafas Blick zielt in ihre Augen, sucht darin das gemeinsam Erlebte von gestern Nacht zu lesen.

„Zum Strand...“, sagt sie abwesend, überlässt sich seinem Blick. Sie sitzen eine Weile so da, ohne zu sprechen.

„Bis heute Abend, Plaza Pi, 19.30 Uhr!“, sagt er leise, die 19 betonend, steht auf, geht, dreht sich noch einmal um.

„Ja, 19.30 Uhr!“ wiederholt Anna lachend und winkt ihm nach.

Die Blicke der jungen Mädchen folgen ihm, bis er im Gedränge verschwunden ist und bleiben dann neugierig auf Anna haften. Ein gutes Gefühl, ernst genommen zu werden in dieser Angelegenheit.

Natürlich freut sich Anna auf den Abend mit Mustafa und dennoch: bis gestern war Barcelona ein wundervoll fremder Ort mit unbestimmten Möglichkeiten; an dem sie in wohltuender Anonymität untertauchen, distanziert beobachten, in Freiheit sich hierhin und dorthin bewegen, vor allem aber sich selber vergessen konnte; Barcelona schien ihr wie ein verlockendes Universum, in das sie meteorartig eingefallen war und aus dem sie sich am Ende unbemerkt wieder rauszukatapultieren gedachte. Damit ist plötzlich Schluss. Jene abenteuerliche Weite hat sich verengt, Barcelona ist kleiner geworden: ihre konkrete, wenn auch noch so lose Beziehung zu dem jungen Mann - egal, wie sich die Dinge weiter gestalten - schränkt sie spürbar ein, setzt Strukturen, fordert ihre Präsenz, ihre Aufmerksamkeit und, was am lästigsten ist, wirft sie erneut auf sich selbst zurück.

Anna raucht ihre Fortuna, trinkt den Rest Orangensaft, steckt den Brief ein. Immerhin, bis zum Abend hat sie ausgiebig Zeit, und die will sie nutzen. Auf zum Strand, zum Meer!

Zunächst jedoch erinnern die blau-grün-gestylten Telefonständer auf der Mole an den fälligen Anruf nach Berlin. Wenn Anna Glück hat, ist Jonas ansprechbar.

“Mama!“ Sie hat Glück. Der Sohn klingt aufgeräumt. „Wo bist du gerade; wie is’n das Wetter in Barcelona?“

„Hallo, Jonas! Ich bin am Hafen, die Sonne scheint. Bist du wieder gesund?“

„Ja..., du, Mama, tut mir leid, aber Catha kommt gleich, wir machen Mathe zusammen.“

„Catha? Gut, dann bis morgen, ich rufe wieder an. Adios...“

„Ciao, Mama!“

Anna eilt Richtung Meer. Dort empfängt sie eine

türkisfarbene, mediterrane, elegant-wogende Fläche mit weißen Segelbooten am Horizont, wie es sich gehört; sogar die hohen, etwas zu dünn geratenen Palmen machen heute Sinn. Der Himmel über Barcelona hat sich geöffnet. Die Barcelonier zelebrieren Freizeit; Angler hocken mit ihren Kindern auf Felsbrocken im Wasser, Männer spielen Karten, die Señoras sitzen dicht beieinander schwatzend auf Steinen, laufen barfuß im Sand hin und her, lutschen Eis. Scater- Kids erproben ihr halsbrecherisches Können auf den Promenadentreppen, vorwärts und rückwärts, cool; am Strand tummeln sich Volleyball-Spieler, Fußballkicker, Purzelbaum schlagende Kinder und Hunde zwischen warm eingepackten Sonnenanbetern. Ein großer Nackedei vorne am Wasser mit glänzendem Bizeps und knapper Badehose bleibt die Ausnahme; er versucht es mit Schwimmen, geriert sich wie ein Schimpanse; zwei grimmige Lesben mit Riesenrucksäcken in Hörweite ziehen lauthals auf Deutsch über ihn her. Anna sucht das Weite:

- Sicher ist es peinlich, wenn ein Mann stolz darauf ist, etwas zwischen den Beinen zu haben, denkt sie launig, aber noch lange kein Grund, stolz darauf zu sein, nichts zwischen den Beinen zu haben, und sie steuert auf die Bänke am Gehweg zu, wo die alten Männer mit ihren Erinnerungen sitzen und wehmütig in die Sonne hinein träumen, phantasieren. Sie setzt sich zu einem Herrn mit Hut und Zigarre, der qualmt und lächelt vor sich hin:

„*Muchacha,* Mädchen“, trällert er, „*muchacha, guapa, muchacha!*“ und schaut seufzend zu Anna; dann beginnt er mit glänzenden Augen zu erzählen, dass er sich einst mit Catalina, dem schönsten Mädchen weit und breit, das später seine Frau wurde, regelmäßig hier getroffen habe, heimlich; und wie sie in den Sommernächten hinter den Steinen heiße Liebe machten... Er habe so viel ejakuliert, dass er das Meer damit hätte füllen können... Später, viel später, als seine Señora diese Dinge nicht mehr wollte, habe er die Sekretärin zur Geliebten gemacht, ihr eine Wohnung gekauft; er habe sie besucht, heimlich, in ihrer Wohnung, die eigentlich seine war, und dort, im weißen Marmorbad, auf dem glitschigen, nassen Fußboden, Schaum überall... Ja, er liebe die Frauen, er, der Besitzer der großen Kaffeehauskette in Barcelona... Aber Anna solle das niemandem sagen, seine Söhne mögen es nicht, wenn er darüber spreche, auch müsse er jetzt leider gehen, es sei Zeit; ja, es sei schon spät... Anna solle ihre Zeit in Barcelona genießen, vor allem Liebe machen... „*Adios*!", sagt er, steht auf, geht langsam davon.

„*Adios!*" ruft Anna ihm nach.

13. *Vater*

Der Nachmittag ist vorgerückt, die offizielle Mittagszeit beendet, Anna setzt sich in das angrenzende Restaurant mit Blick auf das sommerlich-winterliche Treiben am Strand, bestellt einen Salat. Verliebte Pärchen lagern vereinzelt knutschend versunken am Rande. Anna schaut hin, ohne unruhig zu werden; sie vermisst in diesem Moment niemanden, ist ganz und gar zufrieden, losgelöst glücklich. So könnte es sein: keinen bestimmten Menschen haben müssen, sondern in Freiheit nehmen dürfen, was man will, wenn man es wirklich will, ohne Abhängigkeiten, Frust, Überdruss schaffen und erleiden zu müssen.

Am Nebentisch ein ungleiches Paar, älterer Mann mit sehr junger Frau. Chef und Sekretärin auf Geschäftsreise, ein kleiner Abstecher nach Barcelona? Sie haben gegessen, trinken noch einen Mokka, schweigen sich an, scheinen dabei ganz angetan voneinander. Vielleicht hatten sie einen guten Fick; so was trägt eine Weile; unterhalten kann man sich woanders, mit anderen.

Dann die Überraschung. Die junge Frau zahlt:

„Ein Geschenk“, sagt sie und legt ihre Hand behutsam auf den Arm des Mannes - des Vaters? Er lächelt versonnen. Hat er Geburtstag? Ist die Frau weg oder schon lange tot?

Sie verlassen das Restaurant Arm in Arm.

Da ist plötzlich die feine Wunde, der blinde Fleck. Vater. Anna kennt ihren Vater nicht, weiß nichts von ihm, er nichts von ihr. Geblieben ist diese unbestimmte Sehnsucht nach jener Größe X, die immer wieder durchbricht und Kraft raubt. Erfüllte Erotik, Sexualität: wunderbare Errungenschaften, ohne Zweifel. Doch Angenommensein, Vertrauen, Liebe von einem Vater: damit könnte man wahrscheinlich Berge versetzen.

Der Himmel hat sich bezogen, die Sonne wärmt nicht mehr, der Wind erinnert an die Jahreszeit. Anna zahlt und strebt zurück zum Hotel. Auf der Rambla, gleich hinter den Karikaturisten und Pflastermalern, taucht das lebende Standbild zweier weiblicher Mimen auf in weißen, fließenden Gewändern, auch ihre Gesichter sind weiß geschminkt; die jüngere kauert demütig hingebungsvoll auf dem Boden, eine dunkelrote Rose in der Hand; die andere steht mit erhobenen Armen über ihr, magisch, beschwörerisch. Anna bleibt gebannt im Kreis der Zuschauer stehen, wirft eine Münze in das offene Kästchen, die Szene gerät in Bewegung: die kniende Figur streckt der älteren die Rose entgegen, die nimmt sie dankbar an, wiegt sie zärtlich in den Armen, reicht sie sanft lächelnd zurück; Ende. Ausgangsposition. Morbide, bühnenreif das Ganze. Mutter-Tochter? Lesben? Anna wagt weder Prognose noch Diagnose. Ihr ist kalt. Sie macht, dass sie ins Hotel kommt.

Das Zimmer-Telefon signalisiert einen Anruf aus Berlin. Ronald. Himmel, den hat sie ganz vergessen. Sie greift zum Hörer.

„Hallo, Ronald, ich bin's. Du hast angerufen..."

„Ja, Anna, schön, dass Du zurückrufst, ich wollte dich

eigentlich nicht damit belasten, aber ich habe Gürtelrose, keine Angst, ich war schon bei der Nikowsky, sie hat gleich B 12 gespritzt und solche Hammertabletten verschrieben und meinte, damit wird das bald wieder weg gehen."

„Gürtelrose! Was ist los mit dir? Hast du Stress? Warum erzählst du nichts?"

„Ach, Anna, natürlich habe ich Stress hoch drei, die Gespräche mit dem Hamburger Verlag sind ins Stocken geraten; das Geld vom Senat ist immer noch nicht auf dem Konto...", Ronald hält inne.

„Und, weiter?", fragt Anna.

„Du fehlst mir. Ich kann ohne dich nicht sein. Ich will auch gar nicht ohne dich sein... Ich weiß, dass du das nicht hören willst, aber es ist nun einmal so", sagt Ronald leise.

„Ich bin bald wieder da. Schlaf dich erst einmal richtig aus. Ich rufe morgen wieder an, ja? Pass auf dich auf!" Anna legt auf; sie fühlt sich beklommen. Ronald trägt zur Zeit die finanzielle Hauptlast, während sie in Berlin Yoga- Computer- und Sprachkurse macht und zwischendurch mal so eben nach Barcelona fliegt. Spätestens im Sommer wird sie wieder arbeiten gehen, das steht fest. Jetzt aber ist Barcelona dran. Anna will kurz ruhen und sich dann für den Abend fertig machen, für den Abend mit Louis-Mustafa.

14. *Schnatternde Gänse*

Es ist kurz nach 19.30 Uhr, als Anna den Platz Pi erreicht. Mustafa wartet bereits. Er steht etwas abseits vom Trubel des Kunstmarktes; sein weißes Hemd sticht aus dem Dunkel heraus. Anna sieht ihn sofort. Sie begrüßen sich ungelenk. Er schaut sie prüfend an.

„Du brauchst keine Angst zu haben", sagt er.

„Ich habe keine Angst."

„Du fürchtest um Deine Freiheit, nicht nötig, Anna, ich liebe auch meine Freiheit; ich liebe meine Freiheit über alles. Was wollen wir machen?"

„Ich habe Hunger", sagt Anna.

„Dann lass uns Essen gehen", sagt er; sie setzen sich in Bewegung, gehen nebeneinander her, ohne sich zu berühren.

„Aber du musst zahlen", fügt er nach einer Weile hinzu.

„Also ein Gigolo?"

„Nenn es, wie du willst, ich möchte, dass du zahlst." Er lacht. Anna findet das nicht komisch. Sie hat keine Lust auf dieses Spiel. Er bemerkt ihren Unwillen.

„Sei nicht so misstrauisch, Anna; weißt du, als ich dir gestern die Geschichte aus meiner Kindheit erzählte, gab es für dich nur ein Wort: Missbrauch. Damit war die Sache für dich erledigt. Kein gutes Denken...“, sagt er gerade heraus.

„Es ist nun einmal üblich, dass der Mann zahlt oder jeder isst auf eigene Rechnung“, erwidert Anna gereizt, ohne auf seine Bemerkung einzugehen.

„... Bei euch soll es sogar Fernsehspots geben, in denen die Zuneigung zu Kindern regelrecht kriminalisiert wird. Kein Wunder, dass es in Deutschland so unfreundlich zugeht“, fährt Mustafa fort.

„Was hat das damit zu tun? Diese Kampagne soll lediglich potentielle Täter schützen.“

„Ach, Anna, wir sind alle potentielle Täter. Solche Begriffe erschlagen die Wirklichkeit“, unterbricht er sie. „Aber ich will nicht mit dir diskutieren, schon gar nicht heute Abend. Lass doch einfach zu, dass die Dinge auch anders sein können als du denkst, okay?“ Er nimmt vorsichtig ihren Arm.

„Gut, dann gehen wir eben nicht Essen, sondern holen uns irgendwo eine Pizza“, sagt Anna einlenkend.

„Die musst du aber auch zahlen!“ Mustafa grinst. „Keine Angst, ich gebe dir das Geld, wenn du willst, nur zahlen musst du, bitte, ja?!“ Er schaut sie für einen Moment herzig an wie ein Kind .

„Meinetwegen“, sagt sie und muss unwillkürlich lachen. Sie drängeln sich durch die Gassen des Gotischen Viertels an Wachsziehergeschäften und gespenstisch beleuchteten Masken vorbei, holen sich warmen Gemüsekuchen am Stand, essen im Gehen; entgegenkommende Fußgängerkolonnen reißen sie beide ständig auseinander. In einer Gebäudenische machen sie Halt. Mustafa streicht ein paar Krümel aus ihrem Mundwinkel, lässt seine Finger auf ihren Lippen hin und her gleiten.

„Dein Mund ist voller Erotik, Anna... Lass uns heute Nacht Liebe machen; ich kenne eine Bar, wo wir uns zurückziehen können“, sagt er plötzlich auf Englisch mit einer Nuance, die Anna nicht gefällt.

„Nicht Englisch, Mustafa. Was willst du von mir?“

„Du hast recht, mein Englisch ist ziemlich verkommen“, sagt er wieder auf Spanisch. „Du weißt, was ich will, Anna, und ich weiß, dass du es auch willst“, fährt er eindringlich fort, stellt sich dicht vor sie hin. Er ist gerade mal ein paar Zentimeter größer als sie, - entschieden zu klein, denkt sie. Ein Wust widersprüchlicher Gefühle durchzieht sie. Sie schaut schweigend an ihm vorbei.

„Ich will dich in den Händen halten, Anna, die Hitze deines Körpers spüren; ich will deine Lust, unsere Lust; ich bin sicher, dass uns das gelingt.“ Mustafas Stimme hat jetzt einen heiseren Klang, der seine Wirkung nicht verfehlt. Anna spürt süße Schwere in sich aufkeimen.

„Eine erotische Beziehung ohne Zukunft macht keinen Sinn“, erwidert sie vage, während ihre Knie nachzugeben drohen.

„Wir befinden uns bereits in einer erotischen Beziehung...“, flüstert er; sein Atem nähert sich ihrem Mund.

Anna will Zeit gewinnen, um sicher zu sein, dass das, was in ihr zu wuchern beginnt, sie auch wirklich will.

„Wolltest du mir nicht das gotische Viertel zeigen?“, sagt sie schnell, bevor seine Lippen sie berühren können. Mustafa reagiert prompt:

„Okay, gehen wir zum Platz der Kathedrale; das wird dir gefallen. Ich sitze oft dort im Kreuzgang unter den Palmen, höre den Brunnen plätschern und die Gänse schnattern“, sagt er heiter.

„Von den Gänsen habe ich gelesen, die sollen im Mittelalter die Kunstdiebe abgehalten haben“, sagt Anna.

„Ja, Gänse sind viel angriffslustiger und lauter als Hunde. Heute hat man natürlich Alarmanlagen, aber die Gänse sind geblieben; eine schöne Tradition...“ Er nimmt ihre Hand. Sie gehen Hand in Hand weiter. An der Ecke von Los Caracoles herrscht Hochbetrieb, Mustafa zeigt ihr durch die Fenster des typisch barcelonischen Restaurants die pittoresken Innenräume und den offenen Küchenbereich, der wie ein Stilleben prächtig in der Mitte thront.

„Hier gibt es allerlei Köstliches, Schnecken, Muscheln, insgesamt viel Schlüpfriges. Das nächste Mal essen wir hier. Und damit es dann wegen der Bezahlung keinen Streit gibt, werden wir einfach vorher abhauen und die Zeche prellen“, sagt er und zieht sie abrupt an sich; ihr Lachen erstickt in seiner Mundhöhle, und sie versinken in ihren Schleimhäuten; Lippen, Zungen, Gaumen, Speichel saugen sich tumultartig ineinander; ein stechender Schmerz züngelt kurz aus Annas linkem Eckzahn hoch bis ins Gehirn, löst sich aber mitsamt ihren Widerständen im Schmelz der Wonne auf.

„Mit der Kathedrale wird das heute nichts mehr...“, haucht Mustafa, „... wir brauchen ein Bett. Komm!“

15. *Und der Himmel öffnete sich*

Als Anna die Augen öffnet, ist es dunkel und ungewöhnlich still. Kein Laut von den Straßen; Barcelona scheint endlich zu schlafen. Durch die Fensterläden dringt spaltweise trübes Licht in den niedrigen Raum; rote Leuchtreklame schießt im Sekundentakt über das zerwühlte Bett; ihr Kopf liegt auf Mustafas Brust; er hat seine Arme ausgebreitet, die Augen geschlossen. Anna könnte nicht genau sagen, wie sie Beide in diese Absteige gekommen sind, weiß nur, dass sie eingewilligt hat. Sie spürt das warme klebrig-nasse Laken unter sich, Mustafas dampfende Haut an ihrem nackten Leib seitlich und fühlt wundervolle Entspannung, alle Gliedmaßen von sich gestreckt, jeder Nervenstrang geglättet.

„Es ist schön, mit dir zu sein, Anna, richtig schön..." Mustafas Stimme kommt von weit her. „Wir haben uns gar nicht geschützt; das ist mir noch nie passiert; ich war schon am Ausfließen. Dann bin ich so oft gekommen, da hätte sowieso kein Kondom mehr genutzt, und du erst... Schwanger wirst du ja hoffentlich nicht mehr", sagt er zärtlich und dreht sich zu ihr. „Bleibt die Gefahr einer Ansteckung; bei mir ist alles in Ordnung, was ist mit dir?"

„Ich? Da brauchst du keine Angst zu haben, ich

bin verheiratet, meine wilde Zeit ist vorüber", sagt Anna verlegen.

„Merkst du, sie beginnt gerade wieder", flüstert er und umfährt sanft ihre Brüste. „Ich könnte mir nicht vorstellen, jemals zu heiraten", fährt er langsam fort, „nur eine Person lieben dürfen oder müssen, ein schrecklicher Gedanke. Ich liebe alle Menschen und möchte meine Lust mit Vielen teilen; ich habe viel Sex mit allen möglichen Personen; das ist meine Freiheit."

„Die Promiskuität des Mannes..." Anna gähnt.

„Der Muslime, meinst du wahrscheinlich. Da fällt mir auf, du hast mir noch gar nicht die Gretchenfrage gestellt. Ja, ich bin natürlich Muslim, mein Vater war Muslim, aber er war ein offener Geist und seiner Religion gegenüber ziemlich kritisch, sonst hätte er nicht meine Mutter heiraten können, eine Christ-Gläubige aus Andalusien, auch eine Intellektuelle. Sie sind sich während des Studiums in Paris begegnet. Schon als Kind fand ich, dass meine Mutter in religiösen Angelegenheiten immer die besseren Argumente hatte; ich war sogar einmal drauf und dran, mich taufen zu lassen." Mustafa richtet sich hoch, stützt sich mit dem Ellbogen ab, hört nicht auf, Annas Brüste zu streicheln.

„Du kennst doch diese Tauf-Szene am Jordan mit Jesus und Johannes dem Täufer, die hat mich total fasziniert", fährt er versonnen fort.

„Ich interessiere mich nicht so", sagt Anna, seine Berührung genießend.

„Doch, das musst mal du lesen; da heißt es an der Stelle: ... *Und der Himmel öffnete sich, und eine Stimme sprach von oben: ‚Siehe, das ist mein geliebter Sohn!'* Einfach unüberbietbar, großartig!"

„Und da wolltest du dich dann auch taufen lassen?“, haucht Anna, vor Genuss fast von Sinnen.

„Ja, ich stellte mir das gigantisch vor: ein Gott, der einen jungen Mann persönlich anspricht und ihn als seinen geliebten Sohn verkündet! Kein Wunder, dass so einer dann den Teufel besiegen kann. Aber dass dieser junge Mann gleichzeitig Gott sein soll, also ganz Mensch und ganz Gott, wie die Christen sagen, das war mir denn doch zuviel.“

„Hat dein Vater davon gewusst?“

„Meine Begeisterung war damals unübersehbar. Er meinte nur traurig, warum mich das so beeindrucke, schließlich sei ich doch schon sein geliebter Sohn.“ Mustafas Stimme bricht; er schluckt und schweigt. Rotlicht flackert über sein Gesicht.

„Dein Vater lebt nicht mehr?“, fragt Anna in das Schweigen hinein.

„Er ist vor drei Jahren gestorben. Viel zu früh. Ich glaube, er hat die Liebe nicht ausgehalten...“

„Wie meinst du das?“

„Ich weiß nicht. Meine Eltern haben sich sehr geliebt, anders als sonst so üblich, glaube ich, ich kann das nicht genau beschreiben, aber die beiden schien bis zuletzt ein Geheimnis zu verbinden. Jedenfalls stand ich immer zwischen ihnen, seit ich denken kann. Meine Mutter nennt mich seit jeher Louis, für meinen Vater war und blieb ich Mustafa.“

Mustafa dreht sich wieder auf den Rücken, breitet die Arme aus, schließt die Augen. Anna schmiegt sich an ihn, fährt mit der Hand durch seine festen Locken.

„Von wem hast du die Haare?“

„Ich sehe in allem meinem Vater sehr ähnlich. Wahrscheinlich liebt mich meine Mutter schon deswegen doppelt und dreifach.“ Mustafa lacht leise in sich hinein. „Und ich liebe meine Mutter auch über alles. Sie ist für mich die Inkarnation von Liebe – ich brauche keinen Gott...“, sagt er und atmet tief.

Anna kann ihr Lächeln nicht unterdrücken; er bemerkt es, ohne es zu sehen.

„Nicht wie du denkst, Anna, mit Freud hat das nichts zu tun...", murmelt er schläfrig vor sich hin.

„Deine Mutter scheint diesen Gott aber sehr zu brauchen“, flüstert Anna und liebkost mit ihren Lippen seinen Hals.

„Ach, Anna...“ Mustafa seufzt und versinkt in eine Art Erschöpfungsschlaf; auch Anna spürt süße Schwere in ihren Gliedern und überlässt sich dem wohligen Dämmerzustand.

16. *El Rubio*

Plötzlicher Tumult auf der Straße unten. Sie schrecken hoch. Türen schlagen, Lichter gehen an, Stimmen, Schritte werden laut, ein Mann brüllt:

„Ich bring' dich um!"

Mustafa zieht seine Hosen an, stürzt zum Fenster, öffnet die Holzläden; Anna folgt ihm zitternd, eine Decke um die Schultern. Auf der Straße zwei Kerle: der kleinere, dicke mit dunklen Haaren blutet aus Stirn und Nase, seine Lederjacke ist zerrissen; der große rotblonde drückt ihn mit Gewalt an die Hauswand, zischt hasserfüllt auf ihn ein, stemmt den Unterarm gegen seinen Hals, würgt ihn. Der Dicke steht wie festgenagelt da, ringt verzweifelt nach Luft. Leute kommen angerannt.

„Rubio!", schreit jemand, „lass ihn los!" Zwei Typen greifen den Rothaarigen, zerren ihn, bis er endlich loslässt; sie schleppen ihn gewaltsam ab, bleiben in sicherer Entfernung mit ihm stehen. Die anderen kümmern sich um den Verletzten; aus dem Kellergeschoss wird ein Hocker gereicht; der Dicke setzt sich, wischt sich das Blut ab, lehnt sich mit dem Rücken gegen die Hauswand.

Da gelingt es El Rubio sich loszureißen und ehe es sich alle versehen, rast er noch einmal hin zu dem Dicken, stürzt sich auf ihn, packt ihn, holt mit seiner Faust aus und brüllt:

„Du Schwein!“ Zwei der herumstehenden Typen können ihn rechtzeitig stoppen und überwältigen; sie reden laut auf ihn ein, klemmen ihn in die Mitte und bewegen sich schrittweise mit ihm vorwärts bis zur Ecke, wo sie im Dunkeln verschwinden.

Der Dicke ist in sich zusammengesunken, aus der Wunde kommt neues Blut, jemand gibt ihm ein Tuch, mit Mühe hält er es an die Schläfe, dann versucht er aufzustehen, taumelt zurück auf den Hocker. Mustafa, der bis dahin von oben schweigend zugesehen hat, ruft:

„Braucht ihr Hilfe?“ Einer der Herumstehenden schaut kurz hoch, winkt ab: „Wir machen das schon.“

Der Dicke versucht erneut aufzustehen, wankt, bleibt stehen, versucht zu gehen, zwei Männer stützen ihn, sie ziehen langsam ab Richtung Kreuzung. Die Leute aus dem Kellergeschoss nehmen den Hocker rein, machen das Licht aus; es kehrt wieder Ruhe ein in der kleinen Gasse.

Es ist halb sechs, noch eine Weile hin, bis der Tag in Barcelona richtig beginnt. Mustafa schließt die Fensterläden, zieht die Hosen wieder aus; Anna zittert am ganzen Körper. Mustafa nimmt sie in seine Arme; sie legen sich noch einmal hin:

„War das privat oder politisch?“, fragt Anna, noch benommen vor Schreck. Mustafa zuckt die Achseln.

„El Rubio ist oft sehr gereizt“, sagt er.

„Du kennst ihn?“

„Jeder kennt ihn hier. Er ist ein guter Kerl, aber wenn er trinkt, ist er unberechenbar. Keiner weiß, was wirklich mit ihm los ist, nur dass seine Frau ihn vor Jahren mit den drei Kindern verlassen hat; seitdem ist er völlig orientierungslos...“ Mustafa zieht Anna an sich.

„Er bräuchte dringend Hilfe; hat er denn Arbeit?“, fragt sie weiter.

„Mal hier, mal dort, nichts Richtiges; aber er ist selber Schuld...“ Mustafa unterdrückt ein Gähnen. „Es gibt soviel Elend in Barcelona hinter den Kulissen, da weiß man nicht, wo man zuerst helfen soll; in meinem Job kümmern wir uns vor allem um die Asylanten, aber darüber ein andermal; lass uns jetzt noch diesen Moment gemeinsam genießen, Anna. Wir müssen sowieso gleich raus; es gibt hier kein warmes Wasser, und wir brauchen dringend eine Dusche.“ Mustafa grinst. „Dann muss ich schließlich auch noch arbeiten heute...“ Seine Stimme verebbt von selbst, die Augen fallen ihm zu, er atmet ruhig und gleichmäßig.

Anna ist aufgewühlt, ihr Herz klopft; sie kann nicht mehr ruhig liegen. Sie steht leise auf, greift im Dunkeln nach ihren Sachen und versucht, in dem kleinen makabren Örtchen, das sich Bad nennt, wenigstens so etwas wie Ordnung in ihr mit Wimperntusche verschmiertes Gesicht zu bekommen. Aus dem losen verrosteten Wasserhahn plärrt ein armseliger Rinnsal; das bisschen Nass reicht gerade zum Befeuchten von Augen und Wangen; mit der Lache in der hohlen Hand spült sie sich den Mund aus – und dann geschieht es: sie begreift zunächst nicht was, aber da ist plötzlich etwas Merkwürdiges zwischen Zunge und Gaumen, was gewöhnlich nicht da ist, etwas Hartes, ein Stein, nein, ein Zahn: ihr Zahn! Entsetzen schießt blitzartig durch ihren Körper, bis in Mark und Bein, während ihre Zunge die schmähliche Gewissheit zweifelsfrei erspürt: eine Lücke vorne links oben, ein klaffendes Loch in der blendenden Zahnreihe: eine jener mittleren Katastrophen, die seit der Angelegenheit mit den Milchzähnen vor ewigen Zeiten nicht mehr vorstellbar war. Die blind-getrübte Spiegelscherbe vor ihr reflektiert eine neue Wahrheit: die Vision eines morschen, alten Weibes. Grauenvoll. Anna nimmt den abgebrochenen Zahn aus dem Mund, wickelt ihn in ein Papiertaschentuch, schließt ihre Lippen und kann sich nicht vorstellen, sie je wieder öffnen zu wollen. Jetzt will sie nur eines, und zwar so schnell wie möglich: ins Hotel, allein sein, mit sich klar kommen.

Sie geht zurück ins Zimmer, Mustafa ist zum Glück schon damit beschäftigt, seine Sachen zu ordnen und sich fertig zu machen. Schweigend verlassen sie die Örtlichkeit. Er bringt sie zu ihrem Hotel.

„Bis heute Abend, Anna! Hier die Telefonnummer von meinem Büro. Ruf mich an, ja?“ Mustafa reicht ihr ein Kärtchen.

„*Adios*, Mustafa!“

Kurze Umarmung, knappes Winken auf der leeren Rambla. Sie eilt die Hotelstufen hinauf, an der Rezeption vorbei, nuschelt ihre Zimmernummer, ohne hoch zu schauen, nimmt den Schlüssel entgegen und macht, dass sie in den 5. Stock kommt, in ihr Zimmer.

17. *Barcelona - Berlin via Zürich*

Anna hängt das Schild draußen auf rot, schließt die Zimmertür ab, zieht sich aus, geht - ohne auch nur ansatzweise in den großen, hell erleuchteten Spiegel zu schauen – ins Bad, stellt sich in die Wanne und duscht die Spuren der Nacht direkt hinein in den Abfluss. Ein kurzer Blick in den Spiegel beim Zähneputzen: die Lücke klafft erbarmungslos.

Sie fühlt sich zerschlagen, setzt sich auf das Bett. Von der Rambla dringt Vogelgekreisch aus den Käfigen hoch, die Kioske und Blumenstände werden geöffnet, das Leben unten beginnt allmählich.

Es ist Freitag. Ihr Rückflug geht Sonntag. So lange hält sie das hier nicht mehr aus ohne Zahn. Anna legt sich hin, versucht zu schlafen. Unmöglich. Sie wählt Ronalds Nummer, lässt lange klingeln, er geht endlich ran, sie berichtet knapp die Sache mit dem Zahn und dass sie so schnell wie möglich von hier weg wolle.

„Du willst also wieder weg, Anna. Und wenn der Zahn gemacht ist, willst du auch wieder weg. Du kannst doch nicht..."

Anna hat keine Nerven für wie auch immer geartete Kommentare über ihren chaotischen Willenszustand, nicht jetzt und schon gar nicht von Ronald.

„Ruf bitte die Praxis an, ich muss gleich Montag früh einen Termin haben. Ich melde mich wieder, danke, tschüss...", unterbricht sie ihn staccatoartig und legt auf, geht im Zimmer umher, trinkt Wasser, setzt sich wieder auf das Bett. Sie hat sich nicht einmal erkundigt, wie es Ronald mit seiner Gürtelrose geht. Sie fühlt sich miserabel, empfindet ihre Anwesenheit bei sich selber unerträglich. Natürlich muss sich etwas ändern, sie muss etwas ändern, aber was genau und wie? Anna steht auf, holt die Reisetasche aus dem Schrank und beginnt, ihre Sachen zu packen. Wenn doch jetzt jemand hereinkäme und sagte, dass sie dringend irgendwo gebraucht würde und sie unbedingt mitkommen müsse, um dies oder jenes zu tun: sie würde folgen, und wenn es sein müsste, bis ans Ende der Welt, auch ohne Zahn. Aber nein, sie wird nirgendwo dringend gebraucht. Die Welt, überhaupt alles funktioniert ganz gut ohne sie – und sie hat ihre Freiheit, kann tun und lassen, was sie will. Aber was will sie eigentlich: mit Freundin Britta einen kleinen Wohlfühl-Salon aufmachen mit Thai-Massage,Tee und Räucherstäbchen oder alleine etwas auf die Beine stellen, ein Esoterik-Buchlädchen mit Kunst-Galerie und Leseabenden für einen Kreis beflissener Damen oder eben doch zurück in ihren Beruf als Steuerberaterin und Leuten mit viel Geld dazu verhelfen, möglichst viel davon zu behalten...?

„Trostlos!", sagt sie laut vor sich hin, wirft die Sachen auf das Bett, sich selbst daneben und heult sich wütend in den Schlaf...

Lautes Klopfen an der Tür:

„Señora – Zimmerservice!"

Anna schreckt hoch. Die Radio-Uhr zeigt eins; nichts sonst weist darauf hin, dass der Tag bereits auf seiner Höhe angelangt ist; durch die Fenstervorhänge gelangt nur Grau. Anna öffnet die Tür einen Spalt weit: sie brauche das Zimmer heute nicht zu machen, erklärt sie der adretten jungen Frau mit dem rosafarbenen Kittelchen, reicht die gebrauchten Handtücher durch, lässt sich neue geben und schließt wieder zu.

Dann Umbuchung des Rückfluges: zum Glück ist morgen noch Platz in der Maschine Barcelona - Berlin mit Zwischenlandung in Zürich. Anna informiert Ronald, dann die Rezeption, legt sich wieder hin und beschließt, einfach den ganzen Tag hier oben in ihrem Zimmer zu bleiben; verhungern tut sie nicht, in der Boqueria- Tüte sind noch Tomaten und ein Stück Käse. Der Gedanke beruhigt sie; sie fühlt sich besser.

- Bleibt das Problem Mustafa heute Abend, denkt sie verschwommen und schläft wieder ein.

Sie kommt aus einem Café, zwei Männer folgen ihr aufdringlich, zerren an ihr; Anna ist wütend, will sich losreißen, versucht, die beiden abzuschütteln wie Ungeziefer, doch die Männer weichen nicht von ihrer Seite, krallen sich fest; Anna schreit um Hilfe, nicht aus Angst, sondern vor Empörung. Niemand hört sie, die Straße ist menschenleer; sie muss mit den lästigen Gestalten weiterzotteln. Plötzlich stehen sie vor einem Gartentor. Die Männer lassen Anna los, gehen freudig durch das Tor in den Garten hinein, lächeln und winken ihr dankbar zu und verschwinden. Sie bleibt beschämt zurück und begreift, dass die Beiden geistig behindert waren und lediglich ihre Hilfe gebraucht hatten, um zu dem Gartentor zu gelangen...

Als sie aufwacht, durchweht sie merkwürdige Traurigkeit. Es ist später Nachmittag, höchste Zeit, dass sie Mustafa im Büro anruft. Er ist sofort am Apparat:

„Anna! Ich kann heute früher Schluss machen, ich hole dich um 19 Uhr ab, ja?“ Sein Strahlen dringt durch den Hörer.

„Nein“, antwortet sie tonlos.

„Was heißt nein?“ Mustafa stutzt.

„Es geht nicht, wir können uns nicht mehr sehen, ich fliege morgen.“

Kurzes Schweigen.

„Was ist los, Anna?“ Mustafas Stimme ist jetzt ernst.

„Ich weiß nicht, es geht eben nicht... Heute früh, da...“ Anna stockt, sie fühlt sich elend.

„Was war heute früh?“

„Mein Zahn vorne ist abgebrochen, ich will schlafen, mir ist nicht gut“, stottert Anna.

„Oje, wegen einem Zahn machst du so ein Theater?“, ruft Mustafa aus, erleichtert und erheitert zugleich. „Das stört nun wirklich niemanden, und außerdem bist du auch ohne Zahn schön!“

„Es ist mir ernst, wir werden uns nicht mehr sehen, ich fliege morgen nach Berlin“, sagt sie eisern.

Pause am anderen Ende, Stimmengewirr und Lachen im Hintergrund.

„Warte, ich gehe in einen anderen Raum...“ Die Leitung wird kurz unterbrochen, dann meldet sich Mustafa erneut:

„...Was ist passiert, Anna? Es ist Freitag! Wochenende! Ich habe extra alles für dich abgeblasen“, platzt er heraus. Pause. „... Ich weiß wirklich nicht, was mit dir los ist, aber mir ist heute Morgen schon dein komisches Adios aufgefallen“, sagt er schleppend.

Anna schweigt.

„Okay, ich werde deswegen ganz bestimmt nicht heute Nacht alleine zu Hause rumsitzen und mir die Augen ausweinen“, fährt er trotzig-beleidigt fort.

Anna schweigt weiter.

„Sag doch was, Anna! Was ist denn bloß los? Hast du dich denn nicht auch auf unseren Abend gefreut? “

Anna weiß selber nicht, was in ihr abläuft. Es ist nicht nur der Zahn. Sie möchte Mustafa einfach nicht mehr sehen. Was sie mit ihm erlebt hat, bietet keinerlei Anknüpfungspunkte, keinen wie auch immer gearteten Faden, der sinnvoll weitergesponnen werden könnte. Die Sache Louis-Mustafa ist vorbei und bereits in ihrem Innern eingekapselt, abgespeichert, weggelegt.

„Hast du etwa Schiss vor deinem Mann?“, fragt er mit aggressiv-amüsiertem Unterton.

„Nein“, antwortet Anna klar und bestimmt. „Das ist es nicht.“ Der Gedanke, dass sie Ronald betrogen hat, ist ihr bisher noch gar nicht gekommen. Ihre Tage in Barcelona sind insgesamt losgelöst von jeglichem Bezug zu ihrem Leben in Berlin und gehen nur sie allein etwas an.

„Nein, es ist etwas anderes. Erinnerst du dich, du sprachst von Freiheit, Faszination, Genuss und Unmittelbarkeit... Wir haben gehabt, was wir wollten, ohne zu fragen, was daraus wird. Dem gibt es nichts hinzuzufügen, verstehst du. Es ist kein Platz für Kontinuität, nicht einmal für eine Wiederholung", sagt Anna leise-eindringlich.

„Aber deswegen können wir uns doch noch einmal sehen!"

„Es würde nichts bringen."

„Findest du nicht, dass du ziemlich übertreibst", sagt Mustafa barsch.

„Ich bin außerdem sehr erschöpft; das musst du respektieren", entgegnet Anna unbewegt.

Er hält einen Moment inne.

„Du kommst doch wieder...?" fragt er zaghaft. Sie antwortet nicht. Schweigen auf beiden Seiten.

„...Es ist wahr, ich habe die ganze Zeit verdrängt, dass du wieder weg musst", sagt er endlich. „Ja, so wie mit dir habe ich mir das immer vorgestellt: einzutauchen in den Augenblick ohne Wenn und Aber, mit einem Gefühl, das alles umspannt und nichts ausklammert; ein Gefühl von Abenteuer, Weite, Glück und unbedingter Freiheit! Aber ich wusste nicht, wie es sein würde, wenn es wirklich geschieht", fährt er langsam fort. „Ich vermisse dich jetzt schon", fügt er kaum hörbar hinzu. „Ich wollte dir noch so viel erzählen und so viel von dir wissen... Kann ich dir wenigstens schreiben?"

Anna zögert.

„Ich hinterlasse meine Adresse an der Rezeption", sagt sie knapp. Er atmet hörbar auf.

„Okay, wie es aussieht, werde ich mich heute Nacht also wieder in mein altes Lotterleben zurückbegeben müssen..., schade", sagt er. „*Adios,* Anna!"

„*Adios,* Mustafa!"

Sie legen beide auf.

Als Anna am nächsten Tag mit ihrer Reisetasche die

Rambla hoch zur Bushaltestelle Platz Catalunya geht, sieht sie José, den Clown, am Rand stehen, sich auf seinen Auftritt vorbereiten. Das gelb-grüne Karokostüm hat er bereits an, ein Pappschuh steht noch neben ihm, ein Schüsselchen mit Wasser vor ihm; er ist seelenruhig mit seiner Rasur beschäftigt, hält einen kleinen Spiegel in der Hand und fährt leise vor sich hinsummend mit dem Rasiermesser vom Kinn hoch bis zum Haaransatz am Ohr, unbeeinträchtigt von der vorbeipilgernden Menschenmenge. Er lässt sich auch nicht stören, als Anna zu ihm herantritt und umständlich zu verstehen gibt, dass sie seine Darbietung die Tage, die sie in Barcelona gewesen ist, sehr bewundert habe.

- Das freue ihn, sagt er schlicht, und über sein Gesicht legt sich ein breites Lächeln, das seinen zahnlosen Mund offenbart. Anna erschrickt: der Mann hat gar keine Zähne mehr.

- Wie lange er diese Clowns-Nummer schon mache, fragt sie ihn leise.

„Ich habe vor zwei Jahren damit angefangen und werde es noch so lange machen, bis ich das Geld für mein Gebiss zusammen habe“, sagt er leichthin, tupft sich die Schaumreste von den Wangen und setzt das karierte Käppchen auf. Anna schluckt.

- Das Leben sei doch recht schwer, meint sie unbeholfen. José schaut sie erstaunt an:

„Aber nein, Señora, wie kommen Sie darauf? Das Leben ist nicht schwer, es ist das Leben!“, sagt er, lächelt wieder, bückt sich und zieht den zweiten Pappschuh über.

Anna schaut auf die Uhr, der Flughafen-Express geht in wenigen Minuten.

„Ich muss los. *Adios*!“, sagt sie und dreht sich um.

„Gute Reise!“, ruft José ihr nach, während Anna im Gewühl der Rambla verschwindet.

Der Bus ist längst startbereit, Anna steigt ein, setzt sich vorne ans Fenster, die Türen schließen, los geht es. Das Werbeplakat mit der Mama und dem Wonneproppen ist nirgendwo mehr zu sehen. *Adios*, Barcelona!

Anna holt ihr Handy aus der Tasche; sie hat es die ganzen Tage nicht benutzt. Eine SMS von Ronald: „Wir haben gerade einen Tisch im Alibaba bestellt und eine Riesenportion Muscheln! Bis gleich: R. u. J.!”

- Na, geht doch, denkt Anna wohlgemut, schließt die Augen, lässt das Straßendickicht von Barcelona an sich vorbeirauschen und spürt, wie sie sich freut auf ihre beiden Männer in Berlin.

Programm von PalmArtPress

Michael Lederer
The Great Game, Das große Spiel
Berlin-Warschau Express und andere Geschichten
ISBN: 978-3-941524-12-5 Englisch, 242 Seiten
ISBN: 978-3-941524-13-2 Deutsch, 280 Seiten
Paperback, 14,8 x 21 cm

Michael Kromarek
KunstGeschichten ***-ernst und heiter-***
ISBN: 978-3-941524-11-8
150 Seiten, Erzählung, Paperback,
12,5 x 18 cm

Lothar Hartmann
Retrospektiv - ***Fotos aus 50 Jahren***
ISBN: 978-3-941524-10-1
128 Seiten, 124 Fotos, Fadenheft./Broschiert,
16,5 x 23,5 cm

Wolfgang Nieblich
Der Hecht im Schulranzen
ISBN: 978-3-941524-08-8
192 Seiten, 168 farbige Abbild, Hardcover,
16,5 x 23,5 cm

Wolfgang Nieblich
Die Unendliche Bibliothek
ISBN: 978-3-941524-05-7
144 Seiten, 100 farbige Abbild., Hardcover,
14,8 x 21 cm

Wolfgang Nieblich
Das Ferne so nah oder **Die Currywurst**
ISBN: 978-3-941524-09-5
64 Seiten, 18 farbige Abbild., Hardcover,
Erzählung, Photos: L. Hartmann,
8 x 10 cm

Mayra Anabella Fernández Monroy de Schäfer
Zwölf bildliche Darstellungen zum Taiwan-Feldzug (1787-1788) des Kaisers Qianlong (1736-1795)
ISBN: 978-3-941524-03-3
305 Seiten, 40 farbige Abbild., Paperback,
21 x 29,7 cm

Sladjana Lukic
Deutsche Grammatik- ***leicht gemacht***
ISBN: 978-3-941524-04-0
216 Seiten, Paperback,
16,5 x 23,5 cm

Ania Brunn
Aufgefischt im Netz
ISBN: 978-3-941524-07-1
176 Seiten, Erzählung, Paperback,
12,5 x 18 cm

Wolfgang Nieblich
Maculatura
ISBN: 978-3-941524-01-9
64 Seiten, 46 Abbild., Paperback,
Deutsch und Englisch
14,8 x 21 cm